KB210143

시지프 신화

시지프 신화

알베르 카뮈 | 이가림 옮김

문예출판사

Le mythe de Sisyphe

Essai sur l'absurde

Albert Camus

파스칼 피아에게

차례

오, 나의 영혼이여,

불사(不死)의 삶을 갈망하지 마라,

그러나 가능의 영역을 누려라.

— 핀다로스, 〈아폴로 제3 축승가〉에서

- 이 책의 번역 저본은 *Le mythe de Sisyphe. Essai sur l'absurde*(Albert Camus, Gallimard, 1974) 이다.
- 본문의 주석에서 원서의 주석은 '원주'와 '프랑스판 편집자 주'로, 옮긴이의 주석은 '옮긴이 주'로 표기했다.
- 원문에서 이탤릭으로 강조된 부분은 한글의 가독성을 고려해 굵은 글씨로 표기했다.

부조리한 논증

이 책에서 다루려는 내용은 이 세기에 널려 있어 흔히 찾아볼 수 있는 부조리의 감수성에 관한 것이지, 엄밀히 말해서 우리 시대가 알지 못하는 부조리한 철학에 관한 것은 아니다. 따라서 이 책이 현대의 몇몇 사상들에 빚지고 있다는 점을 먼저 밝히는 것이 기본적인 정직성을 갖추는 일이다. 나는 그 사실을 숨기려는 의도가 전혀 없기에 독자는 이 책 전체에 걸쳐 그들을 인용하고 해설하는 것을 보게 될 것이다.

그러나 그와 동시에 지금까지 결론으로 여겨온 부조리를 이 시론 (試論)에서는 출발점으로 간주한다는 점을 주의하는 것이 좋겠다. 그러한 의미에서 나의 설명에는 잠정적인 면이 있다고 말할 수 있다. 즉 나의 설명에서 도출되는 결론을 예단할 수는 없을 것이다. 독자는 다만 여기서 정신의 어떤 병(病)에 대한 순수한 상태 그대로의 묘사만을 발견하게 될 것이다. 지금 여기에는 어떠한 형이상학이나 그 어떤 믿음도 개입되어 있지 않다. 이것이 이 책의 한계이고, 이 책이 정한 유일한 방침이다.

부조리와 자살

참으로 중대한 철학적 문제는 단 하나뿐이다. 그것은 바로 자살이다. 인생이 살 만한 가치가 있는지 없는지를 판단하는 것, 그것은 철학의 근본적인 질문에 대답하는 것이다. 그 이외의, 세계는 3차원으로 되어 있는가, 이성의 범주가 아홉 개인가 혹은 열두 개인가 하는 문제는 그다음의 일이다. 그러한 문제들은 장난이다. 우선 근본적인 문제에 대답하지 않으면 안 된다. 그리고 만약 니체가 바란 것처럼, 인정받는 철학자가 되기 위해서는 몸소 실천해 보여야 하는 것이 사실이라면, 사람들은 이 대답의 중요성을 알게 될 것이다. 왜냐하면 이 대답에 결정적인 행위가 뒤따를 것이기 때문이다. 이러한 것들은 감정적으로 쉽게 느껴지는 명료한 것들이지만 이성적으로 확실히 밝히기 위해서는 깊이 파고들지 않으면 안 된다.

어떤 질문이 다른 질문보다 더 절실하다고 판단하는 기준이 무엇인지 자문해본다면, 나는 그 질문에 따라 일어나는 모든 행위가 바로 그 기준이라고 대답할 것이다. 나는 존재론의 입증을 위해 죽었다는 사람을 단 한 사람도 본 적이 없다. 과학적 진리를 중요시하던 갈릴레오는 그 진리가 자신의 목숨을 위태롭게 하자마자 더 비길 데 없이 쉽사리 그 진리를 포기해버렸다. 어떤 의미에서는 잘한 일이다. 그 진리는 화형을 당할 만한 가치가 없었던 것이다. 지구가 태양의 주위를 도느냐 또는 태양이 지구의 둘레를 도느냐 하는 것은 실로 아무래도 좋은 일이다. 잘라 말하자면 그것은 쓸데없는 질문이다. 그 반면에 인생이 살 만한 가치가 없다고 생각해서 많은 사람이 죽는다는 것을 나는 알고 있다. 또 어떤 사람들은 역설적으로 그들에게 살아갈 이유를 부여해주는 관념 또는 환상 때문에 스스로 죽음을 선택한다는 것을 알고 있다(우리가 살아가는 이유라고 부르는 것은 동시에 죽어가는 훌륭한 이유가 되기도 한다). 따라서 나는 인생의 의미가 여러 질문 가운데서 가장 절실한 질문이라고 판단한다. 그 질문에 어떻게 대답할 것인가? 사람을 죽게 할 위험이 있는 문제 혹은 살아가는 열정을 열 배로 키우는 문제로 알고 있는 모든 본질적인 문제에 대해서는 아마도 두 개의 사고방식, 즉 라팔리스의 사고방식과 돈키호테의 사고방식밖에는 없을 것이다. 명증(明證)과 서정의 균형만이 우리들을 감동과 명철(明哲)에 동시에 도달하게 할 수 있다. 그러므로 지극히 겸손하며 아울러 비장함으로 가득 찬 주제에 대해서는, 현학적이며 고전적인 변증법은 양식(良識)과 공감에서 동시에 비롯되는 더욱더 신중한 정신의 태도에 자리를 넘겨주지 않으면 안 된다.

사람들은 자살을 하나의 사회적 현상으로만 취급해왔다. 그와는 반대로 우선 여기서는 개인의 사고와 자살의 관계가 문제이다. 자살과 같은 행위는 위대한 작품과 마찬가지로 마음의 침묵 속에서 준비된다. 당사자도 알지 못한다. 어느 날 저녁, 그는 문득 방아쇠를 당기거나 물에 빠져버린다. 어느 날 누가 나에게 자살한 어떤 부동산 관리인에 관해 이야기할 때, 그는 5년 전에 딸을 잃은 이후로 많이 변했고, 그러한 사정이 "그를 침식해갔다"라고 말한 적이 있다. 이보다 더 정확한 말을 바랄 수는 없다. 생각하기 시작한다는 것은 침식당하기 시작한다는 것이다. 사회는 이러한 첫 발단을 대수롭지 않게 여겼다. 벌레는 사람의 마음속에 있다. 벌레를 찾아야 할 곳은 바로 그곳이다. 실존을 마주한 명석함에서 빛의 영역 밖으로 탈출하는 이 죽음의 유희, 바로 이 유희를 추적하고 이해해야 한다.

자살에는 많은 이유가 있으나 일반적으로 말해서 표면상으로 드러나 있는 이유가 가장 강력한 이유는 아니다. 숙고 후에 자살하는 경우는 (그렇다고 이러한 가설이 완전히 배제되는 것은 아니지만) 드물다. 위기를 초래하는 것은 거의 언제나 이성적으로 입증할 수 없는 것이다. 신문에서는 때때로 "남모르는 고민"이라든가, "불치의 병"이라고들 이야기한다. 이러한 설명은 받아들일 만하다. 그러나 절망에 빠진 사람이 자살한 바로 그날, 그의 친구 하나가 그에게 냉담한 어조로 말하지는 않았는지 알아볼 필요가 있으리라. 그 친구야

말로 죄가 있다. 왜냐하면 그렇게 냉담한 어조로 말한 것이 아직 유예 상태에 있었던 모든 원한과 온갖 피로가 밀어닥치게 하기에 충분하기 때문이다.[*]

그러나 정신이 죽음 쪽에 내기를 건 그 정확한 순간, 그 기묘한 과정을 특정하는 것은 곤란하더라도, 자살 행위 그 자체에서 그 행위가 가정하는 결과들을 끄집어내는 것은 좀 더 쉽다. 자살한다는 것은, 어떤 의미에서는 마치 멜로드라마에서처럼, 일종의 고백이다. 삶을 감당할 수 없다거나 혹은 삶을 이해할 수 없다는 것을 고백하는 것이다. 그러나 이러한 유추(類推) 속으로 너무 멀리 가지는 말고 일상적인 표현으로 되돌아오자. 자살한다는 것은 다만 인생이 '살 만한 가치가 없다'라는 것을 고백하는 일에 지나지 않는다. 물론 산다는 것은 결코 쉽지 않다. 사람들은 많은 이유로 존재가 명령하는 모든 행위를 계속해나가는데 그 첫째 이유는 습관 때문이다. 자의로 죽는 것은 이 습관의 가소로운 성격, 산다는 것 일체에 대한 깊은 이유의 부재(不在), 이 일상적인 흔들림의 무모한 성격 그리고 사람들이 겪는 고통의 무익함을 본능적으로나마 인정했다는 것을 전제로 한다.

그렇다면 살아가는 데 꼭 필요한 잠조차 빼앗은 이 헤아릴 수 없

---

[*] 이 기회에 이 시론의 상대적인 성격을 밝히고 넘어가지 않으면 안 되겠다. 자살은 사실상 한층 더 명예로운 원인들에 결부될 수도 있다. 예를 들면 중국 혁명에서 이른바 항의의 의미로 행한 정치적 자살 등이 그렇다. (원주)

는 감정이란 도대체 무엇인가? 부당한 이유로라도 설명할 수 있는 세계는 친근한 세계이다. 그러나 이에 반하여 환상과 빛을 갑자기 빼앗긴 우주 속에서 인간은 자기 자신을 이방인으로 느낀다. 이 낯선 세계로의 유배에는 구원이 없다. 잃어버린 조국에 대한 추억, 혹은 약속된 땅에 대한 희망을 빼앗겨버렸기 때문이다. 인간과 그의 삶, 배우와 무대 사이의 단절, 이것이 바로 부조리의 감정이다. 자신의 자살에 대해 생각해본 적이 있는 건전한 사람은 모두가 이 감정과 허무로 향하는 갈망 사이에 직접적인 연결이 있다는 것을 더 설명하지 않아도 이해할 수 있을 것이다.

이 시론의 주제는 바로 부조리와 자살과의 관계를 밝히고, 자살이 어느 정도로 부조리의 해결책이 되는가를 정확히 가늠해보는 것에 있다. 속임수를 쓰지 않는 인간은 그가 진실이라고 믿는 것에 따라 행동한다는 것을 우리는 원리로 삼을 수 있다. 그러므로 존재의 부조리에 대한 신념이 그의 행위를 규제해야만 한다. 이러한 결론이 과연 우리에게 이해할 수 없는 삶의 조건을 한시라도 더 빨리 떠나라고 요구하는지 그러지 않는지를 명확하게, 그리고 거짓 비장감에 빠지지 않고 검토해보는 것은 정당한 호기심에서 비롯된다. 물론 나는 여기서 자기 자신을 속이지 않는 사람들에 대해서 말하고 있다.

분명한 말로 하자면, 이 문제는 단순하면서도 동시에 해결될 수 없는 것처럼 보인다. 그러나 사람들은 단순한 질문은 그에 못지않게 단순한 대답을 가져오며 명증성은 명증성만을 결론짓는다고 잘

못 생각하고 있다. 선험적으로, 그리고 문제의 항을 바꿔 생각해본다면 자살을 하거나 혹은 자살을 하지 않거나 마찬가지로 긍정과 부정, 두 개의 철학적 해결밖에는 없는 것처럼 보인다. 그렇게 보면 너무나도 명쾌할 것이다. 그러나 결론은 내리지 않고 항상 질문만 하는 사람들을 생각하지 않으면 안 된다. 여기서 나는 빈정대는 것이 아니다. 대다수 사람이 그렇다는 것이 문제다. 그뿐만 아니라 나는 "아니다"라고 대답하는 사람들이 마치 "그렇다"라고 생각했던 것처럼 행동하는 것을 보고 있다. 사실상 니체의 기준에 따른다면 그들은 어떻게 해서라도 "그렇다"라고 생각하는 것이다. 이와 반대로 자살하는 사람들도 삶의 의미를 확신하고 있는 경우가 가끔 있다. 이러한 모순은 언제나 한결같이 있다. 오히려 그토록 논리적인 태도가 바람직한 것처럼 보이는 이 문제만큼 모순이 노골적으로 드러나는 일은 결코 없다고 말할 수 있다. 철학의 이론과 그 이론을 가르치는 사람들의 행위를 비교해보는 것은 흔해 빠진 생각이다. 그러나 삶의 의미를 추구하는 것을 거부한 사상가들 가운데서 문학에 속하는 키릴로프나 전설에서 태어난 페레그리노스*, 그리고 가설에 속하는 쥘르 르키에**를 빼놓고는 그 누구도 이 삶을 거부하기까지

---

* 나는 페레그리노스와 겨룬 한 경쟁자에 관해 들은 일이 있다. 전후(戰後) 작가인 그는 첫 작품을 끝낸 다음 자기 작품에 사람들이 주목하게 하려고 자살했다. 사실상 시선을 끌었지만 작품은 악평을 받았다. (원주)
페레그리노스는 견유학파의 철학자로 올림픽 경기 때 사람들이 말릴 것이라 생각하고 불 속으로 뛰어들 수 있다며 호언장담하고 뛰어들었으나 아무도 말리는 사람이 없어 그대로 불에 타 죽었다. (옮긴이 주)

자기의 논리를 일관되게 밀고나가지 못했다는 것을 분명히 말해야 겠다. 쇼펜하우어가 진수성찬을 가득 차려놓은 식탁 앞에서 자살을 찬양했다는 이야기는 우스갯소리로 이따금 인용된다. 실상 그것은 농담거리가 아니다. 비극적인 것을 진지하게 생각하지 않는 이러한 태도는 그다지 심각한 일은 아니지만, 마침내 당사자의 사람됨을 판단하는 근거가 된다.

이러한 모순과 애매함 앞에서 그러면 사람이 삶에 대해서 가질 수 있는 견해와 그 삶을 청산하려는 행위 사이에는 아무런 관계가 없다고 믿어야 할 것인가? 이러한 방향으로는 아무것도 과장하지 말도록 하자. 삶에 대한 인간의 애착 속에는 이 세상의 온갖 비참보다 더 강렬한 무언가가 있다. 육체가 내리는 판단은 정신이 내리는 판단에 맞먹는 가치가 있다. 육체는 소멸의 위협 앞에서 뒷걸음질 친다. 우리는 생각하는 습관을 얻기 전에 살아가는 습관을 들이게 된다. 매일매일 조금씩 죽음으로 우리를 끌어넣는 이 달리기에서 육체는 돌이킬 수 없는 우선권을 지니고 있다. 이러한 모순의 본질은 내가 '회피(esquive)'라는 말로 부르고자 하는 바에 있다. 내가 회피라고 지칭하는 이유는 그것이 파스칼적인 의미에서 기분풀이 이하인 동시에 그 이상이기 때문이다. 이 시론의 세 번째 주제인 숙명적인 '회피'는 희망이다. '그만한 가치가 있어야'만 하는 내세의 삶

** 19세기 중엽의 프랑스 철학자로 모든 지식의 근원에는 자유 의지가 있다고 주장, 대양(大洋) 한가운데로 헤엄쳐 나가 죽었다. (옮긴이 주)

에 대한 희망 혹은 삶 그 자체를 위해서가 아니라, 그 삶을 넘어서고 승화시키고 거기에 의미를 부여하고 마침내 삶을 배반하는 어떤 위대한 관념을 위해 살고 있는 사람들의 속임수 말이다.

이리하여 모든 문제가 뒤섞여버린다. 지금까지 우리는 삶에 의미를 부여하는 것을 거부하면 반드시 살아갈 가치가 없다고 선언하게 된다고 말장난도 하고 믿는 척도 해왔는데 그렇게 한 것이 헛된 일은 아니다. 사실상 이 두 개의 판단 사이에는 그 어떠한 필연적인 기준이 없다. 오직 지금까지 지적한 혼란과 단절 그리고 모순 때문에 길을 잃어서는 안 된다. 모든 것을 헤치고 참다운 문제의 핵심으로 곧장 나아가야만 한다. 사람들은 인생이 살 만한 가치가 없기 때문에 자살한다. 이것은 틀림없이 진리이다. 그렇지만 너무나 자명한 이치이기 때문에 분명한 진리다. 존재에 대한 이 모욕, 존재를 집어삼키는 이 부정은 존재가 아무런 의미도 지니고 있지 않다는 데서부터 오는 것일까? 존재의 부조리성은 과연 희망이나 자살을 통해서 삶의 부조리에서 빠져나오기를 요구하는 것일까? 이것이야말로 다른 모든 것을 치워버리고서 밝혀내야 하고 추구해야 하며 조명해야 할 문제다. 과연 부조리가 죽음을 명령하는 것이라면, 이 문제는 다른 모든 문제에 앞서서 모든 사고방식과 무관심한 정신의 장난에서 벗어나 전념해야 옳다. 모든 문제에서 '객관적인' 정신이 언제나 끌어들이는 뉘앙스나 모순, 심리학 따위는 이 탐구와 이 열정적 관심 가운데 끼어들 수가 없다. 여기서는 다만 가차 없는 사고, 다시 말하면 논리적인 사고만이 필요하다. 쉬운 일은 아니다. 논리적으로 사고한다는 것은 언제나 쉽다. 그러나 끝까지 논리적으로 사고하기란 거의 불가능하다. 이리하여 자기 손으로 목숨을 끊는 사람들은 그들의 감정 흐름을 비탈 끝까지 뒤따라간다. 그러므로 자살에 대한 나의 성찰은 여기서 나의 관심을 불러일으키는 유일한 문제, 죽음에 이르기까지 논리가 존재하는 것일까 하는 문제를 제기할 기회를 준다. 나는 혼란스러운 감정에 사로잡히지 않고 명증의 유일한 빛 속에서, 내가 여기서 그 기원을 나타내려는 논증을 추구해서만 그에 대한 답을 알 수 있을 것이다.

카를 야스퍼스는 세계를 하나의 통일된 세계로 구성하는 것의 불가능성을 드러내 보이면서 이렇게 외친다. "이러한 한계는 나를 자신에게로 인도하고, 거기에서 나는 내가 나타내는 것에 지나지 않는 객관적 시점 뒤로 더는 물러설 수도 없으며 나 자신도 타자(他者)의 존재도 이미 내게는 대상이 될 수 없다." 이때, 야스퍼스는 다른 많은 사람에 뒤이어 사고가 그 궁극점에 도달하는 황량하고 메마른 영역을 환기한다. 그렇다. 그에 앞서 많은 사람이 그곳을 가리켜 보였다. 하지만 거기서 빠져나오려고 얼마나 서둘렀는가! 사고가 흔들리는 이 마지막 길목에 많은 사람이 도달했으며 그들 중에는 보잘것없는 사람들도 있었다. 그런데 그들은 생명이라고 하는 더욱 귀중한 것을 포기해버렸다. 한편 다른 사람들, 정신의 왕자(王者)들도 포기했다. 그러나 그들은 그들이 행한 가장 순수한 반항으로 사고의 자살을 실행한 것이다. 그와는 반대로 참다운 노력은 오히려 가능한 한 그곳에 집착하며 살아남아 버티면서, 머나먼 나라에 서식하는 괴상한 식물을 가까이에서 조사해보는 데 있다. 부조리와 희망과 죽음이 대사를 주고받는 이 비인간적인 연극을 특권적인 구경꾼 입장에서 바라보기 위해서는 집요함과 통찰력이 필요하다. 이때 비로소 정신은 기본적이고도 미묘한 그 춤의 다양한 모습을 조명하고 자기 자신으로 소생시키기에 앞서 분석할 수 있을 것이다.

부조리한 벽

위대한 작품들이 늘 그렇듯, 마음속 깊은 감정은 언제나 이야기하고자 의식하는 것 이상을 뜻한다. 영혼 속에서 일어나는 움직임과 반감의 항구성은 행동하는 습관이나 생각하는 습관 속에 있으며, 영혼 자체도 알지 못하는 여러 결과로 계속 이어진다. 중요한 감정들은 찬란한 또는 비참한 그들의 우주를 동반한다. 그 감정들은 배타적인 세계를 열정적으로 밝혀내며 거기에서 자기에게 알맞은 풍토를 되찾는다. 질투와 야망의 우주가 있고, 이기주의 또는 너그러움의 우주가 있다. 우주란 하나의 형이상학이며 정신의 자세다. 질투나 야망처럼 이미 특수화된 감정에 대해 진실인 것은 그러한 감정의 밑바닥에 깔려 있는 감동, 예컨대 아름다움이 우리에게 주는 감동이나 부조리가 일으키는 감동과 마찬가지로 부정확하고 혼란스러우면서도 동시에 그만큼 '확실한' 그리고 그와 마찬가지로 멀리 있으면서도 '현존하는' 감동에 대해서는 한층 더 진실일 것이다.

부조리의 감정은 어느 길모퉁이에서나 어느 사람에게라도 덮쳐올 수 있다. 이 감정은 딱한 벌거숭이의 모습 속에서, 광채가 없는 빛 속에서 그 자체로 봐서는 파악하기 어렵다. 그러나 이 어려움 자체가 숙고할 만한 가치가 있다. 어떤 사람이 영원히 우리에게 알 수 없는 채로 있고 또한 그 사람 가운데는 우리의 이해에서 벗어나는 요지부동의 그 무엇인가가 언제나 존재한다는 것은 아마도 사실일 것이다. 그러나 **실제로** 나는 사람들을 알고 있고 그들의 행실을 통해, 그들 행동의 총체를 통해, 또한 그들이 인생을 살아가는 데 일으키는 모든 결과를 통해 나는 그들을 인식한다. 이와 마찬가지로 분석을 받아들이지 않는 모든 비합리적인 감정도 그 감정의 모든 결과의 총화를 지성의 질서 안에 종합해서 그리고 그 감정의 여러 모습을 포착하여 기술해서, 그 감정의 우주를 묘사해 **실제로** 나는 그와 같은 감정을 밝혀낼 수 있으며, 또한 **실제로** 평가할 수 있다. 내가 같은 배우를 백 번 보았다고 그에 대해 개인적으로 더 잘 알 수 없으리라는 것은 확실하다. 그렇지만 내가 만약 그가 분장한 주인공들의 총화를 만들어 백 번째로 등장한 그 인물을 검토해보고 내가 그를 좀 더 잘 알게 되었다고 말한다면 그 말속에는 다소간의 진실이 있음을 느낄 것이다. 이 명백한 역설이 또한 하나의 우화(寓話)이기도 하기 때문이다. 이 역설에는 교훈이 있다. 이 교훈은 인간이 성실한 도약을 통해서만큼 그의 희극을 통해서도 마찬가지로 한정된다는 것을 가르쳐준다. 좀 더 낮은 차원의 감정에서도 마찬가지다. 마음속까지 뚫고 들어갈 수는 없지만 감정을 통해 활기를 띠는 행동이나 감정의 전제가 되는 정신 자세를 통해 부분적으로나마 노출되는 감정이다. 이렇게 내가 하나의 방법론을 정하고 있다는 것을 뚜렷이 느낄 것이다. 왜냐하면 방법들은 형이상학을 포함하고 있으며, 그 방법들이 때때로 아직 인식하지 못했다고 주장하는 결론을 자기도 모르는 사이에 밝히는 것이기 때문이다. 그러므로 한 권의 책에서 이미 첫 페이지 속에 마지막 페이지의 암시가 담겨 있다. 이러한 매듭은 필연적이다. 여기서 정해진 방법론은 모든 참다운 인식이 불가능하다는 감정을 고백한다. 다만 그 외견만을 헤아릴 수 있으며 풍토를 느낄 수 있을 뿐이다.

그렇다면 이 포착하기 어려운 부조리의 감정을 우리들은 아마도 지성, 삶의 기술 혹은 단순히 예술 같은 서로 다르지만 형제처럼 친근한 세계 속에서 포착할 수 있을 것이다. 부조리성의 풍토는 시초에 있다. 마지막에 부조리한 우주가 있으며, 고유한 광선으로 그 세계를 밝히고 분명히 자신이 인식한 융화할 수 없는 특수한 세계의 얼굴을 다시 빛나게 하는 정신의 태도가 있다.

*

모든 위대한 행동과 모든 위대한 사상은 그 발단이 하찮다. 위대한 작품들은 때때로 어느 길모퉁이에서 혹은 레스토랑의 회전문 안에서 탄생한다. 부조리도 마찬가지다. 부조리한 세계는 그 무엇보다도 이처럼 보잘것없는 탄생에서 고귀함을 이끌어낸다. 어떤 상황에서 그 사상의 출처에 대한 질문에 "아무것도 없다"라고 대답하는 것은 사람에 따라서는 속임수일 수 있다. 연애를 하고 있는 사람들은 이를 잘 안다. 그러나 만약 그 대답이 진실하다면, 그리고 영혼의 특이한 상태, 공허가 웅변이 되고 일상적인 행동을 이어주던 끈이 끊어지며 마음이 헛되이 그 끈을 다시 이어줄 고리를 찾는 기이한 상태를 나타내는 것이라면, 그때 그 대답은 부조리의 최초 징후다.

익숙한 무대장치가 무너지는 수가 있다. 기상, 전차로 출근, 사무실이나 공장에서 네 시간 근무, 식사, 전차, 네 시간 근무, 식사, 잠 그리고 똑같은 리듬으로 반복되는 월 화 수 목 금 토의 이러한 일정은 대개 쉽사리 이어진다. 다만 어느 날 "왜"라는 물음이 고개를 들어 놀라움이 깃든 이 권태 속에서 모든 것이 시작된다. "시작된다"라는 말은 중요하다. 권태는 기계적인 생활의 행위 끝에 오는 것이지만, 동시에 의식을 작동하게 한다. 권태는 의식의 운동을 눈뜨게 하고 그에 뒤따르는 과정을 야기한다. 그에 따르는 과정이란 일상적인 연쇄 작용 속으로 무의식적인 회귀를 뜻하거나 결정적인 자각이다. 자각 끝에는 시간과 더불어 자살 또는 재기(再起)라는 결과가 온다. 권태는 그 자체로 무엇인가 진저리나게 한다. 여기서 나는 그 권태가 좋은 것이라고 결론지어야겠다. 왜냐하면 모든 것은 의식을 통해 시작되며 의식을 통한 것 외에는 아무런 가치도 없기 때문이다.

이와 같은 고찰은 독창적이라고 할 것이 전혀 없다. 그러나 명백하다. 즉 이러한 고찰은 당분간 부조리의 근원을 간략하게 인식하는 기회로는 충분하다. 하이데거가 말하는 의미의 단순한 '우려'가 모든 것의 기원이 된다.

이와 같은 식으로 매일매일 빛이 없는 삶 속에서 시간은 우리들을 싣고 흘러간다. 그러나 언젠가는 우리가 그 시간을 업고 가야만 할 그러한 순간이 온다. '매일', '좀 더 있으면', '네가 어떤 지위를 차지하게 되면', '네가 나이를 먹으면 알게 될 거야' 하는 따위의 미래에 우리는 살고 있다. 이러한 모순은 어처구니없다. 왜냐하면 우리는 결국 죽기 때문이다. 그러나 어느 날 문득 자기가 서른 살이 되었다는 것을 인정하고 그렇게 말하게 된다. 이렇게 그는 자신의 젊음을 확인한다. 그러나 동시에 그는 시간과의 관계에서 자신의 위치를 잡는다. 그는 시간 속에 자리매김한다. 그는 자신이 자기가 달려가야만 할 어느 곡선상의 한순간에 있다는 것을 인정한다. 그는 시간에 속해 있으며 그를 사로잡는 공포에 싸여, 시간이야말로 최악의 적임을 깨닫게 된다. 내일을, 그의 전 존재가 거부해야 할 내일을, 그는 바라고 있다. 이러한 육체의 반항, 그것이 부조리다.*

더 낮은 단계로 내려가면 낯섦이 있다. 즉 세계가 '두꺼운' 것으

---

* 그러나 본래의 의미에서가 아니다. 정의가 문제되는 것이 아니라 부조리에 포함할 수 있는 감정의 나열이 문제다. 나열이 끝났다고 하더라도 부조리를 남김없이 소진시킨 것은 아니다. (원주)

로 깨닫는 것, 하나의 돌이 얼마만큼 낯설고 우리가 이해할 수 없는 것인지, 그리고 자연이, 하나의 풍경이 얼마나 우리를 완강히 부정할 수 있는가를 엿보는 등의 낯섦이 있다. 모든 미(美)의 밑바닥에는 무엇인가 비인간적인 것이 가로놓여 있다. 그리하여 이 언덕과 하늘의 부드러움, 나무들의 데생 등 이 모든 것은 바로 이 순간에 우리가 부여한 허망한 의미를 잃어버리고 이후에는 잃어버린 낙원보다 더 먼 존재가 된다. 수천 년을 거쳐 세계의 원초적인 적의(敵意)가 우리를 향해 다시 밀어닥친다. 한동안 우리는 그것을 깨닫지 못한다. 몇 세기 동안 우리는 거기에 우리가 미리 부여해버린 형태와 구도만을 이해해왔기 때문이며, 그 이후로는 이러한 인위적인 것을 사용할 힘을 우리가 잃어버렸기 때문이다. 세계는 다시 그 자신으로 되돌아가버리기 때문에 우리 손에서 빠져나간다. 습관에 가려졌던 무대 장치가 그 본연의 모습으로 되돌아간다. 우리들에게서 멀어지는 것이다. 한 여인의 낯익은 얼굴에서, 몇 개월 전 혹은 몇 년 전에 사랑했던 애인을 낯선 여자처럼 다시 만나게 되는 날이 있듯이 우리는 우리를 갑자기 고독하게 만드는 것까지도 바라게 될지 모른다. 하지만 그때는 아직 오지 않았다. 단 하나의 사실, 세계의 두꺼움과 낯섦, 그것이 바로 부조리다.

또한 인간은 비인간적인 것을 분비한다. 의식이 명철한 어느 순간에 인간 동작의 기계적인 모습과 의미 없는 팬터마임은 그를 둘러싸고 있는 모든 것을 바보스럽게 만들어버린다. 어떤 사람이 유리 칸막이 뒤에서 전화를 걸고 있다. 그의 목소리는 들리지 않지만 대수롭지 않은 그의 몸짓이 보인다. 무엇 때문에 그는 사는 것일까 하고 우리는 자문하게 된다. 인간 자신의 비인간성 앞에서 느끼는 이러한 불안, 우리들 자신의 모습 앞에서 느끼는 이러한 헤아릴 수 없는 전락(轉落), 현대의 어느 작가가 표현한 바와 같이, "구토(nausée)" 역시 부조리다. 마찬가지로 어느 순간에 우리가 거울 속에서 만나게 되는 이방인, 우리 사진들 속에서 늘 등장하는 친숙하면서도 불안한 형제, 이것 또한 부조리이다.

마침내 나는 죽음과 그 죽음에 대해 우리가 가지고 있는 감정에 다다른다. 이 점에 대해서는 이미 앞에서 언급했으므로 비장한 어조로 말하지 않는 것이 좋겠다. 그렇지만 모든 사람이 마치 '아무것도 모르고 있는 것'처럼 살고 있다는 것은 정녕 놀랄 일이다. 실제로 죽음을 경험할 수 없기 때문이다. 원래 살아보았던 것, 의식했던 것밖에는 경험할 수 없다. 여기서 타인의 죽음에 대한 경험을 말하는 것이 고작일 뿐이다. 타인의 죽음이란 하나의 대용품이고 정신의 한 관점이기에 우리는 거기에 크게 설득되지는 않는다. 이 우울한 관계는 설득력이 없다. 사실 공포는 죽음이라는 사건의 수학적(數學的) 측면에서부터 온다. 시간이 우리에게 공포를 주는 것은 시간이 먼저 증명하고 나서 뒤에 해답을 주기 때문이다. 영혼에 관한 모든 아름다운 논설은 여기서, 적어도 당분간은 그것들과 반대되는 것에 대한 증명을 새로이 마주하게 될 것이다. 뺨을 때려도 이미 아무 흔적도 남길 수 없는 이 무력한 육체로부터 영혼은 사라져버린다. 사건의 기본적이며 결정적인 이러한 측면이 부조리한 감정의 내용을 이룬다. 죽음이라는 운명의 조명 밑에 무용성(無用性)이 드러난다. 인간 조건을 정하는 무자비한 수학 앞에서 어떠한 도덕도 어떠한 노력도 선험적으로 정당화할 수 없다.

다시 한번 말하건대, 이러한 모든 것은 이미 말했고 또 되풀이해 말했던 것들이다. 그러므로 나는 여기서 간결한 분류를 시도하고 명백한 명제들을 제시하는 데 그치고자 한다. 이러한 명제들은 모든 문학, 모든 철학에 두루 나타난다. 우리가 나날이 나누는 대화의 주제가 된다. 그런 명제들을 다시 발견해내는 것이 문제가 아니다. 그러나 최초의 의문에 대해 계속 질문하기 위해서는 이와 같은 분명한 사실들을 확인할 필요가 있다. 거듭 말하지만, 내가 관심을 두는 것은 부조리의 새로운 발견이 아니라 발견된 것들의 결과다. 우리가 이러한 사실들을 확인한다면 무엇을 결론지어야 하며, 아무것도 회피하지 않으려면 어디까지 나아가야 하는가? 굳이 자의로 목숨을 끊어야 할 것인가? 아니면 이 모든 것을 무릅쓰고 희망을 품어야 할 것인가? 먼저 지성의 차원에서도 간략한 검토가 필요하다.

*

정신의 첫걸음은 허위와 진실을 구별하는 일이다. 그럼에도 사고가 그 자체를 성찰할 때 가장 처음 발견하는 것은 바로 하나의 모순이다. 여기서 설득해보려고 애쓰는 것은 소용없는 일이다. 이 점에 대해 몇 세기에 걸쳐 아리스토텔레스가 한 것보다 더 명석하고 우

32

아한 증명을 한 사람은 아무도 없다. "흔히 이러한 의견들에서 이끌어낸 어리석은 결과는 그 의견들이 스스로를 파괴한다는 사실이다. 왜냐하면 모든 것이 진리라고 주장할 경우 우리는 그 반대되는 주장의 진실성을, 곧 우리 자기 명제의 허위성을 단언하게 되기 때문이다(반대되는 주장은 우리의 명제를 진리로 허용하지 않기 때문에). 그리고 만약 모든 것이 허위라고 말한다면, 이러한 주장 자체도 역시 허위가 되고 만다. 또한 만약 우리의 주장에 반대되는 주장만이 허위라거나 혹은 우리의 주장만이 허위가 아니라고 단언한다면 필경 참되거나 거짓된 무수한 판단을 받아들이지 않을 수 없을 것이다. 왜냐하면 어떤 진실한 주장을 하는 사람은 그와 동시에 그 주장이 진실임을 말하며, 그렇게 무한히 계속될 것이기 때문이다."

이러한 악순환은 자기 자신에 관심을 기울이는 정신의 어지러운 소용돌이 속에서 스스로를 잃어버리게 되는 일련의 과정 가운데 첫 단계에 지나지 않는다. 이와 같은 역설의 단순성 자체가 이 역설을 해명할 수 없는 것으로 만든다. 말장난과 논리의 곡예가 어떠하든 간에 이해한다는 것은 무엇보다 먼저 통일한다는 것이다. 인간 정신의 깊은 욕구는 정신의 가장 발전된 단계에서까지도 결국 인간이 세계 앞에서 느끼는 무의식적인 감정과 합류한다. 다시 말해서 그 감정은 친숙함에 대한 요구이며 명석함에 대한 갈망이다. 인간에게 세계를 이해한다는 것은 세계를 인간적인 것으로 환원시키는 것이며, 인간의 낙인을 찍는 것이다. 고양이의 세계는 개미핥기의 세계가 아니다. "모든 사고가 인간의 모습을 하고 있다"라는 자명한 이

치에는 별다른 뜻이 없다. 이와 마찬가지로 현실을 이해하고자 하는 정신은 사고의 언어로 그 현실을 환원할 때만 만족을 느낄 수 있다. 만약 인간이 세계도 역시 사랑하고 괴로워할 수 있다고 인식한다면 인간은 화해하게 될 것이다. 만약 사고가 여러 현상의 변화하는 거울 속에서 그 현상들을 요약할 수 있고 그 자체가 단 하나의 원리 속에 요약되는 영원한 관계를 발견한다면, 지복(至福)에 이른 자의 신화도 하나의 위조물이 되고 말 그러한 인간 정신의 행복에 대해 말할 수 있을 것이다. 이 통일성에 대한 향수, 절대를 향한 갈망이 인간극(drame humain)의 본질적인 움직임이 어떠한 것인지 밝혀 준다. 그러나 이 향수가 사실이라고 해서 그 향수가 당장 진정되어야 한다는 뜻은 아니다. 왜냐하면 만약 우리가 욕구와 정복을 갈라놓고 있는 심연을 뛰어넘어 파르메니데스처럼 그 "유일자"(그것이 누구든 간에)의 실재를 단언한다면, 우리는 전적인 통일성을 단언하고 그 단언 자체를 통해 그 자신의 차이와 그가 해결했다고 주장하는 다양성을 증명하는 정신의 우스꽝스러운 모순에 빠져들어가기 때문이다. 이러한 또 하나의 악순환은 우리의 희망을 질식시키기에 충분하다.

　이러한 것들 역시 명백하다. 나는 다시 한번 강조하건대 흥미로운 것은 그 사실들 자체가 아니라 거기에서 이끌어낼 수 있는 결과다. 나는 또 하나의 명백한 사실을 알고 있다. 즉 인간은 죽음을 면할 수 없다는 것이다. 그렇지만 여기서 극단적인 결론을 이끌어낸 사람들을 들 수도 있다. 이 시론에서는 끊임없이 우리가 안다고 생각하는 것과 실제로 우리가 알고 있는 것 사이에 있는 한결같은 차이, 그리고 만약 우리가 그 관념을 진실로 경험하기만 하면 우리의 전 인생을 뒤집어엎고야 말 그러한 관념을 가지고 살아가게 하는 실제적인 승인과 위장된 무지 사이에 있는 한결같은 차이를 염두에 두어야 한다. 정신의 이러한 착잡한 모순 앞에서 우리는 우리 자신의 창조물로부터 우리를 갈라놓는 단절을 여지없이 파악할 수 있을 것이다. 정신이 희망의 움직이지 않는 세계 속에서 침묵을 지키고 있는 한, 모든 것은 향수의 통일성 속에 반영되고 정돈될 것이다. 그러나 정신이 움직이기 시작하면 이 세계는 금이 가고 무너진다. 즉 번쩍이는 무수한 광채가 인식에 나타나는 것이다. 그 무수한 광채로 우리에게 마음의 평화를 가져다줄 익숙하고 평온한 표면을 재구축하는 것에는 절망하지 않을 수 없다. 몇 세기를 통한 탐구와 여러 사상가의 포기 끝에 이것이야말로 우리의 모든 인식에 대해 진실임을 우리는 잘 알고 있다. 직업적인 합리주의자들을 제외하고는 오늘날 우리는 참다운 인식에 대해 절망하고 있다. 인간 사고의 유일한 의미 있는 역사를 써야만 한다면, 계속된 뉘우침과 무력함의 역사를 써야만 할 것이다.

사실상 누구에 대해, 무엇에 대해 "나는 그것을 알고 있다!"라고 말할 수 있겠는가? 내 속의 이 마음, 나는 그것을 느낄 수 있으며, 그것이 존재한다고 판단한다. 이 세계, 나는 그 세계를 만져볼 수도 있으며, 그리하여 또한 나는 그 세계가 존재한다고 판단한다. 나의 모든 지식은 거기서 멈춰버리고, 그 외의 것은 구성이다. 왜냐하면 만약 내가 확신하고 있는 이 자아를 붙잡으려고 하면, 또한 내가 그 자아를 정의하고 요약해보려고 하면, 그것은 내 손가락 사이로 새어버리는 물에 지나지 않는 것이기 때문이다. 나는 그 자아가 취할 수 있는 온갖 얼굴, 사람들이 그에게 부여할 온갖 모습, 이 교육, 이 기원(起源), 이 열정 혹은 침묵들, 이 위대함이나 저속함 등을 하나하나 그려나갈 수 있을 것이다. 그러나 이러한 얼굴들을 합산하지는 못한다. 바로 나의 것인 이 마음까지도 내게는 영원히 정의할 수 없는 채로 남아 있을 것이다. 내가 나의 존재에 대해 가지고 있는 확실성과 이 확실성에 내가 부여하고자 하는 내용 사이의 구렁은 결코 메울 수 없을 것이다. 영원히 나는 나 자신에 대해 이방인일 것이다. 논리학에서처럼 심리학에서도 여러 개의 진리는 있으나 유일한 진리는 없다. "너 자신을 알라"라는 소크라테스의 말은 우리들 고해실(告解室)의 "덕망이 있으라"라는 말 정도의 가치밖에 없다. 그런 진리들은 향수와 동시에 어떤 무지를 드러내고 있다. 커다란 주제에 대한 결실 없는 장난이다. 그 진리들은 근사치(近似値)라는 정확한 한계 안에서만 정당한 것이 될 뿐이다.

여기에 또 나무들이 있어 나는 그 거친 껍질을 알며, 물이 있어 나는 그 맛을 안다. 풀과 별의 이 냄새, 밤, 마음이 느긋해지는 어느 저녁, 이렇듯 위력과 힘을 느끼게 하는 이 세계를 나는 어떻게 부정할 것인가? 그러나 이 지상의 모든 지식은 이 세계가 나의 것이라고 확신하게 하는 어떤 것도 내게 주지 않는다. 당신은 그 세계를 나에게 그려주며 그 분류 방법을 가르쳐준다. 당신은 법칙들을 열거하고 나는 알고 싶은 갈망에서 그 법칙들이 옳은 것이라고 동의한다. 당신은 그 메커니즘을 분해하고 나의 희망은 부풀어오른다. 끝에 이르러 당신은 사람을 현혹하며 잡다한 색으로 뒤섞인 우주가 원자로 환원되고, 그 원자 자체도 전자로 환원된다는 것을 내게 가르쳐준다. 이러한 모든 것은 훌륭하며 나는 당신이 계속하기를 기다린다. 그러나 당신은 전자들이 하나의 핵 주위를 도는 보이지 않는 위성계에 대해 내게 말해준다. 당신은 어떤 이미지를 가지고 이 세계를 내게 설명한다. 그리고 이때 나는 당신이 시(詩)에 도달한 것을 안다. 즉 나는 결코 알지 못할 것이다. 이에 화를 낼 시간이라도 나에게 있는 것일까? 그러기도 전에 당신은 벌써 이론을 바꿔버린다. 이처럼 모든 것을 가르쳐주려던 과학은 가설로 끝나버리고 명석함은 비유 속에 잠겨버리며 불확실성은 예술 작품 속에 분해되어버린다. 그 큰 노력이 무엇 때문에 내게 필요했던가? 이 언덕의 부드러운 선(線)과 산란한 마음 위에 놓이는 저녁의 손길은 훨씬 더 많은 것을 내게 가르쳐준다. 나는 출발점으로 다시 돌아온 것이다. 만약 내가 과학을 통해 현상을 파악하고 열거할 수 있다고 해도 나는 그것으로 세계를 포착할 수 없음을 깨닫는다. 내가 그 기복(起伏)을 전부 손가락으로 더듬었다고 할지라도, 나는 역시 그 세계를 더 알지는 못할 것이다. 그리하여 당신은 내게 확실한 것이지만 아무것도 가르쳐주지 않는 묘사와 가르쳐준다고 주장하지만 실은 하나도 확실한 것이 없는 가설 중 어느 하나를 선택하게 한다. 나 자신과 이 세계에서 이방인인 나를 확인하자마자 자신을 부정하는 사고를 유일한 수단으로 갖추었을 뿐인 이러한 조건을 어떻게 이해할 것인가? 평화를 누리기 위해서 아는 것과 사는 것을 거부할 수밖에 없는 이 조건, 정복의 욕구가 이 공격을 업신여기는 벽에 부딪히고 마는 이 조건이란 나에게 어떤 것인가? 바란다는 것은 역설을 불러일으킨다. 모든 것은 무관심과 무기력한 마음, 또는 죽음의 체념이 주는 중독적인 평화가 이어질 수 있도록 질서가 잡혀 있다.

지성 역시 그 나름대로 이 세계가 부조리하다는 것을 말해준다. 이에 반대되는 눈먼 이성이 모든 것은 분명하다고 아무리 주장해본들 소용없는 일이다. 나는 증명을 기다려왔고 이성이 정당한 것이기를 원해왔다. 그러나 잘난 체해온 그 허다한 세기와 설득력 있고 그럴듯하게 말하는 수많은 사람이 있었음에도 나는 그 이성이 허위라는 것을 알고 있다. 적어도 이 분야에 대해서 내가 알 수 없다면 행복이란 조금도 있을 수 없는 것이다. 실제적인 혹은 도덕적인 보편적 이성, 결정론, 이 모든 것을 설명하는 범주는 정직한 사람을 웃길 만한 무엇인가를 가지고 있다. 이러한 것들은 정신과는 아무런 관련도 없다. 그 범주들은 쇠사슬에 얽매여 있는 정신의 깊은 진리를 부정한다. 불가해하고 한정된 이 우주 안에서 이제부터 인간의 운명은 그 뜻을 지니게 된다. 비합리의 한 무리가 불쑥 일어나 이 운명을 종말에까지 에워싼다. 다시 돌아온, 그리하여 이제 집약된 그의 통찰 가운데 부조리의 감정은 밝혀지고 명확해진다. 이 세계는 부조리한 것이라고 나는 말했지만 너무 성급했다. 세계가 그 자체로 합리적이지 않다는 것, 이것이 우리가 말할 수 있는 전부다. 그러나 부조리란 곧 이 비합리적인 것과 대결하며, 인간의 가장 깊은 곳에 호소하는 명석함에 대한 격렬한 욕망에 대결한다. 부조리는 이 세계에 의존하고 있는 만큼 인간에 의존한다. 지금으로서는 이 부조리만이 그들을 얽매는 유일한 끈이다. 부조리는 증오만이 인간을 서로 얽매는 것과 같이, 이 양자를 서로 고정한다. 나의 모험이 계속되는 이 지표 없는 우주 안에서 내가 분명히 분간할 수 있는 것은 이것이 전부다. 여기서 걸음을 멈추자. 만약 내가 나의 삶과의 관련을 규제하는 이 부조리를 진실이라고 여긴다면, 그리고 만약 세계의 풍경 앞에서 나를 사로잡는 이 감정, 지식의 탐구가 나에게 강요하는 이 통찰을 깊이 꿰뚫고 들어간다면, 나는 이러한 확실성을 위해 모든 것을 희생해야만 하며 그것을 지탱할 수 있도록 이 확실성을 정면으로 바라보아야만 한다. 특히 나는 이 확실성을 통해 나의 행동을 규제해야 하며 온갖 결과 가운데서 이 확실성을 추구하지 않으면 안 된다. 결국 성실성이 문제다. 그러나 나는 이 황무지 속에서 사고가 살아나갈 수 있는가를 먼저 알고 싶다.

*

나는 적어도 사고가 이 황무지 안에 들어섰다는 것을 알고 있다. 사고는 거기에서 자신의 양식을 발견했다. 사고는 지금까지 환영(幻影)으로 자라왔다는 것을 깨달았다. 사고는 인간적 성찰의 가장 절실한 몇 가지 과제에 구실을 제공했다. 사고가 인식된 때부터 부조리성은 하나의 열정, 모든 것 중에서 가장 비통한 열정이 된다. 그러나 사람이 열정과 함께 살아갈 수 있는가를 알아보는 것, 사람의 마음을 흥분시키고, 동시에 불살라버리는 열정의 깊은 법칙을 받아들일 수 있는가를 알아보는 것, 여기에 모든 문제가 있다. 그러나 우리가 다시 제기하려는 문제는 이런 것이 아니다. 이 문제는 바로 이 경험의 중심에 있다. 이 문제로 다시 돌아올 때가 올 것이다. 오히려 지금은 황무지에서 태어난 주제와 약동을 살펴보기로 하자. 이것들은 열거하는 것으로도 족하리라. 이러한 주제들 역시 오늘날 모든 사람에게 알려진 것이다. 비합리적인 것의 권리를 옹호하려는 사람들은 늘 존재해왔다. 굴욕적인 사고라고 부를 수 있는 것의 전통은 활기를 띤 존재로 결코 사라지지 않았다. 합리주의에 대한 비판은 이제 더는 필요가 없을 만큼 수없이 되풀이돼왔다. 그럼에도 우리 시대에는 마치 이성이 언제나 진정으로 전진해 나오기라도 한 듯이 이성을 비틀거리게 하려는 역설적인 체계들이 다시 태어나는 것을 본다. 그러나 이것은 이성의 효능을 증명한다기보다는 차라리 희망의 강렬함을 증명한다. 역사의 측면에서 본다면, 이러한 두 가지 태도의 연속성은 통일을 향한 호소와 자신을 가두는 벽에 대해서 가질 수 있는 명백한 비전 사이에 분열된 인간의 본질적인 열정을 말해준다.

그러나 우리 시대처럼 이성에 대한 공격이 활발했던 시대도 아마 없었을 것이다. "우연이야말로 세상에서 가장 오래된 고귀함이다. 세상만물 위에서 지배하는 어떤 영원한 의지도 존재하지 않는다고 내가 말했을 때, 나는 그 고귀함을 만물에 돌려주었다"라고 한 차라투스트라의 위대한 외침 이래로, "그 뒤에는 이미 아무것도 존재하지 않는 죽음에 이르는 병"이라고 말한 키르케고르의 이 죽음에 이르는 병 이래로, 부조리한 사고의 뜻깊고 고통스러운 주제들이 계속 대두되었다. 혹은 적어도, 이 미묘한 뉘앙스야말로 중요한데, 비합리적이며 종교적인 사고의 주제들이 계속 이어져왔다는 말이다. 야스퍼스에서 하이데거로, 키르케고르에서 셰스토프로, 현상학자들에서 셸러에 이르기까지 논리적인 면이나 윤리적인 면에서, 방법론이나 목적은 서로 대립되지만 향수로 말미암아 묶인 한 무리의 정신들은 이성의 왕도를 차단하고 진리의 올바른 길을 찾는 데 열중했다. 여기서 나는 이러한 사상들을 이미 알고 체험했다고 가정한다. 그들의 야심이 어떤 것이며 또 어떤 것이었든 간에 모든 것은 모순과 이율배반, 괴로움 혹은 무력함이 지배하는 이 형용할 수 없는 우주에서 출발한 것이다. 그리고 그들에게 공통된 것은 바로 우리들이 지금까지 밝혀낸 주제들이다. 역시 그들에게도 특별히 중요한 것은 이러한 발견에서부터 그들이 이끌어낼 수 있었던 결론이라는 것을 분명히 말해두어야 하겠다. 이 결론들은 매우 중요하므로 따로 검토해야 할 것이다. 그러나 지금은 그들의 발견과 최초의 경험만이 문제가 된다. 그들의 공통점을 확인하는 것만이 문제이다. 그들의 철학을 운운하는 것이 외람된 일일지 모르지만, 아무튼 그들에게 공통된 풍토를 느끼게 하는 것은 가능한 일이며, 또한 그것으로 충분하다.

하이데거는 인간 조건을 냉정하게 고찰하고, 이 실존(實存)이 굴욕적인 것이라고 선언한다. 유일한 현실, 그것은 전 계층에 걸친 여러 존재들의 '우려'다. 세계와 그의 기분풀이 속에서 헤매는 인간에게 이 우려는 순식간에 사라져버리는 공포다. 그러나 이 공포가 자기 자신을 의식하게 되면 "실존이 그 안에서 자신을 재발견하게 되는" 명석한 인간의 영원한 풍토인 고뇌가 된다. 이 철학 교수는 동요하지 않고 가장 추상적인 말로 "인간 실존의 유한성은 인간 그 자체보다 더 근원적이다"라고 쓰고 있다. 그는 칸트에게 관심을 기울이지만, 그 목적은 칸트의 "순수 이성"의 한정된 성격을 인식하기 위해서다. 그리고 분석 끝에 "세계는 고뇌하는 인간에게 아무것도 제공할 수 없다"라는 결론을 내리기 위해서다. 이 우려는 그에게 논증의 여러 범주를 뛰어넘는 것으로, 그는 이것만을 생각하고 이것에 대해서만 말한다. 그는 우려의 여러 모습을 열거한다. 즉 범속한 인간이 이 우려를 그 자신 속에 억눌러 얼떨떨해지는 때의 권태, 정신이 죽음을 바라볼 때의 공포, 하이데거 역시 의식을 부조리에서 떼어 놓지 않는다. 죽음의 의식은 우려의 부름이며 "그때 실존의 의식의 중개로서 자신을 향해 호소한다." 의식은 고뇌의 목소리 그 자체이며, 그 목소리는 실존을 통해 "무명의 존재 가운데서 자신을 잃어버렸던 상태로부터 자기 자신으로 되돌아오도록" 권유한다. 그에게 의식은 역시 잠을 자서는 안 되며 끝장에 이르기까지 깨어 있어야 한다. 그는 이 부조리한 세계 속에 머물러 있으면서 덧없는 운명을 고발한다. 그는 폐허 한가운데서 그의 길을 찾는 것이다.

야스퍼스는 우리들이 '순박함'을 잃어버리기를 바라기 때문에 모든 존재론에 절망한다. 그는 우리들이 외관의 운명적인 장난을 초월하는 어떠한 것에도 도달할 수 없다는 것을 안다. 정신의 끝, 그것이 곧 실패라는 것을 그는 안다. 그는 역사가 우리에게 보여주는 정신적 모험을 따라 머뭇거리며 각 체계의 갈라짐, 모든 것을 구원한 환상, 아무것도 숨기지 않는 설교를 냉혹하게 폭로한다. 인식의 불가능성이 증명되고 허무가 유일한 현실로, 구원 없는 절망이 유일한 태도로 나타나는 이 황폐한 세계 안에서 신적인 비밀로 인도하는 아리아드네의 실을 그는 발견하고자 시도한다.

한편 셰스토프는 동일한 진리를 지향하고 있는 놀랄 만큼 단조로운 전 작품을 통해, 가장 치밀한 체계, 가장 보편적인 합리주의도 마침내 인간 사고의 비합리에 부딪히게 되고야 만다는 것을 끊임없이 증명하고 있다. 이성의 가치를 떨어뜨리는 어떠한 냉소적인 명증이나 하찮은 모순도 그에게서 빠져나가지 못한다. 그의 관심을 끄는 유일한 것, 그것은 심정(心情)의 역사나 정신의 역사에서 예외적이다. 사형수의 도스토엡스키적인 경험, 니체적 정신의 격렬한 모험, 햄릿의 저주, 혹은 입센의 쓰디쓴 귀족주의를 통하여 그는 구원될 수 없는 것에 대한 인간의 반항을 찾아내고 해명하며 찬양한다. 그는 이성이 제시하는 이유들을 거부하고 모든 확실성이 돌로 변하는 빛깔 없는 황무지 한가운데서 무엇인가 결의를 가지고 발걸음을 인도하기 시작한다.

아마 이 모든 사람 가운데서 가장 흥미를 끄는 키르케고르는 적어도 그의 생애 한 시기 동안 부조리를 발견하는 것 이상으로 부조리를 실천한다. "가장 확실한 벙어리는 침묵하는 것이 아니라 말하는 것이다"라고 쓴 이 사람은 어떠한 진리도 절대적이 아니며 그 자체로 불가능한 실존을 만족시킬 수 없다고 먼저 단언한다. 인식에 관한 한 돈 후안인 그는 가명(假名)과 모순을 구사하며,《교훈적인 논설(*Discours édifiants*)》을 쓰는 동시에《유혹자의 일기(*Le Journal du Séducteur*)》라는 냉소적인 유심론의 개론을 쓰기도 한다. 그는 위안, 도덕, 모든 휴식의 원리를 거부한다. 그는 마음속에 느끼는 이 가시의 고통을 진정시킬 생각이 없는 것이다. 반대로 그는 고통을 일깨우는 십자가형의 절망적인 기쁨 속에서 명석, 거부, 희극, 악마적인 것의 범주를 하나하나 이룩해나간다. 부드러우면서 냉소적인 이 얼굴, 영혼의 밑바닥에서 나오는 외침에 뒤따르는 이 표변, 이것은 자신을 초월하는 현실에 대항하는 부조리한 정신 그 자체다. 그리하여 키르케고르를 그의 귀중한 좌절로 인도하는 정신의 모험도 역시 아무런 장식도 없이 본래의 분열로 환원된 경험의 혼돈 속에서 시작된다.

전혀 다른 분야, 즉 방법론의 측면에서 후설과 현상학자들은 그들의 과도함 자체를 통해 세계를 그들의 다양성 안으로 환원시키며 이성의 초월적인 능력을 부정한다. 정신의 우주는 그들과 함께 무수한 방법으로 풍성해진다. 장미의 꽃잎, 이정표, 혹은 인간의 손이 사랑이나 욕망, 중력의 법칙과 같은 중요성을 지닌다. 생각한다는 것은 이제 더는 통일하는 것, 어떤 커다란 원리의 얼굴 아래 현상을 친밀하게 만드는 것이 아니다. 생각한다는 것은 바라보는 것, 주의를 기울이는 것을 다시 배우는 일이며, 그의 의식을 인도하고, 프루스트가 한 것처럼 하나하나의 관념, 하나하나의 이미지에 특권적인 기회를 주는 일이다. 역설적으로 모든 것에 특권이 부여된다. 사고를 정당화하는 것은 그의 극단적인 의식이다. 키르케고르나 셰스토프보다 더 적극적인 것이 되기 위해 후설의 발걸음은 이성의 고전적 방법을 부정하고 희망을 배반하며, 그 풍요함이 무엇인가 비인간적인 것을 지니고 있는 한 무리의 현상들을 직관과 심정에 열어 놓는다. 이러한 길은 모든 지식으로 인도하거나, 아니면 어떤 것으로도 인도하지 않는다. 말하자면 여기서는 목적보다 방법이 더 중요하다. 오로지 "인식을 위한 하나의 태도"가 문제이지 위안이 문제가 아니다. 다시 한번 말하지만, 적어도 근원에 관해서는 그렇다.

이러한 정신들의 깊은 친근성을 어떻게 느끼지 않을 수 있겠는가? 희망이 들어설 곳이 없는 특권적이고 쓰디쓴 한 곳으로 다시 모여드는 것을 어떻게 보지 않을 수 있겠는가? 나는 모든 것이 설명되거나 그렇지 않으면 무(無)이기를 바란다. 그런데 이성은 이 마음의 외침 앞에서 무력하다. 이러한 요구로 깬 정신은 탐구하지만 모순과 헛소리밖에 발견하지 못한다. 내가 이해할 수 없는 것은 합리적이지 않은 것이다. 세계는 비합리로 가득 차 있다. 단 하나의 의미를 내가 이해하지 못하는 이 세계는 거대한 비합리에 지나지 않는다. 단 한 번만이라도 "이것은 분명하다"라고 말할 수 있다면 모든 것은 구원될 수 있으리라. 그러나 사람들은 아무것도 분명한 것이 없고 모든 것은 혼돈이라는 것, 인간은 다만 자신의 통찰과 그를 둘러싼 벽에 대한 분명한 인식을 지키고 있을 뿐이라고 공언한다.

이 모든 경험은 서로 일치하며 서로 혼합된다. 한계점에 이른 정신은 판단을 내려야 하고 결론을 선택해야만 한다. 거기에 자살과 대답이 자리를 잡는다. 그러나 고찰의 순서를 바꾸어 지적 모험에서 출발해 일상적인 동작으로 되돌아오고자 한다. 여기 환기된 여러 경험은 떠나서는 안 될 황무지 속에서 태어났다. 적어도 이 경험들이 어디까지 이르렀는가를 알아야만 한다. 인간은 그의 노력의 지점에서 비합리와 마주 서게 된다. 그는 자기 자신 속에서 행복과 이성으로 향하는 욕구를 느낀다. 부조리는 인간의 호소와 세계의 어처구니없는 침묵 사이의 대비에서 생겨난다. 잊어서는 안 될 것이 바로 이 점이다. 한 삶의 모든 결론이 여기에서 생겨날 수 있기 때문에 이 부조리에 매달려야만 한다. 비합리, 인간의 향수 그리고 이 양자의 마주침에서 생겨나는 부조리, 거기에 한 존재가 감당할 수 있는 모든 논리와 더불어 필연적으로 끝맺어야 할 드라마의 세 주인공이 있다.

철학적 자살

그렇다고 해서 부조리의 감정이 부조리의 개념은 아니다. 전자는 후자의 기반을 이루는 것으로, 하나의 거점일 뿐이다. 부조리의 감정은 우주에 관해서 판단을 내리는 그 짧은 순간을 제외하고는 부조리의 개념 속에 요약되지 않는다. 그리하여 아직 더 멀리 가야만 한다. 부조리의 감정은 살아 있다. 다시 말해서 죽든가 아니면 더 멀리까지 울려 퍼져야 한다. 우리가 모아놓은 주제들도 마찬가지다. 거듭 말하지만, 나의 관심을 끄는 것은 비평을 하자면 또 다른 형식과 지면이 필요할 작품이나 사상이 아니라, 그들의 결론 가운데서 공통점을 발견하는 것이다. 아마도 인간의 정신이 이토록 달랐던 적은 없었을 것이다. 그렇지만 동요하는 정신적 풍경을, 우리는 동일한 것으로 인정한다. 이와 마찬가지로 그렇게도 서로 다른 지식을 통해 그들의 여정을 끝맺는 외침은 똑같은 방식으로 울려 퍼진다. 이처럼 지금까지 상기한 사상들에는 공통된 풍토가 있음을 확실히 느낄 수 있다. 이 풍토야말로 살인적이라고 말한다고 해서 고작 말장난에 불과하다고만 할 수는 없다. 그런 숨 막히는 하늘 밑에서 산다면 그곳에서 빠져나오든지 아니면 그곳에 머물러 있든지 둘 중 하나다. 첫 번째 경우에는 어떻게 거기서 나오는가를, 두 번째 경우에는 왜 거기에 머물러 있어야 하는가를 알아야 한다. 자살의 문제와 실존철학의 결론에 대해서 우리가 지닐 수 있는 관심을 나는 이와 같이 확정한다.

그 전에 나는 잠시 방향을 돌려보고자 한다. 지금까지 우리는 부조리를 외부에서 규정해왔다. 그러나 우리는 이 개념이 명백하게 포함하는 것이 무엇인가를 자문할 수 있고 직접적인 분석을 통해서 한편으로는 그 의미를, 다른 한편으로는 그것이 수반하는 모든 결과를 다시 찾아보고자 노력할 수 있다.

만약 내가 죄 없는 사람을 흉악한 범죄자로 고발한다면, 덕망 있는 사람에게 그가 그의 누이를 탐냈다고 주장한다면, 그것은 부조리라고 대답할 것이다. 이러한 분개에는 희극적인 면이 있다. 그러나 여기에는 나름대로 심각한 이유도 있다. 덕망 있는 사람은 이 대답을 통해서 내가 그에게 뒤집어씌운 행동과 그의 전 생애의 원칙들 사이에 있는 결정적인 이율배반을 명시한다. "부조리하다"라는 말은 곧 "있을 수 없다"라고 말하려는 것이다. 또한 "모순이다"라는 뜻이기도 하다. 만약 내가 총검을 들고 기관총 부대를 공격하는 사람을 본다면, 나는 그의 행동이 부조리하다고 판단할 것이다. 그러나 이러한 것은 그의 의도와 그를 기다리고 있는 현실 사이에 있는 불균형, 그의 실력과 그가 지향하고자 하는 목적 사이에서 내가 파악할 수 있는 모순을 통해서다. 이와 마찬가지로 우리는 어떤 판결이 겉보기에 확실한 사실이 지배하는 판결과 다를 때 부조리라고 간주한다. 또 마찬가지로, 부조리를 통한 추론은 그 추리의 결과와 우리가 설정하고자 하는 논리적 현실을 비교함으로써 이루어진다. 가장 단순한 것에서부터 가장 복잡한 것에 이르기까지, 이 모든 경우에서 부조리성은 내가 비교하는 항목 사이 거리가 멀어지는 만큼 더욱더 커질 것이다. 부조리한 결혼이 있고 부조리한 도전, 원한, 침묵, 전쟁 그리고 역시 부조리한 평화가 있다. 하나하나의 경우에서 부조리성은 두 가지 대상의 비교에서 생겨난다. 따라서 나는 부조리의 감정은 어떤 사실 또는 인상에 대한 단순한 검토에서 생겨나는 것이 아니라 어떤 사실의 상태와 어떤 현실 사이의 비교, 어떤 행동과 그것을 초월하는 세계 사이의 비교에서 생겨난다고 단언할 수 있다. 부조리는 본질적으로 단절이다. 그것은 비교되는 요소의 어느 한 편에도 존재하지 않는다. 부조리는 그 요소들의 대비에서 태어난다.

그러므로 나는 지성의 측면에서 부조리는 인간 안에 있는 것도 아니며 (만약 이 같은 비유가 어떤 의미를 가질 수 있다면) 세계 안에 있는 것도 아닌, 이 양자의 공통적인 현존 안에 있다고 말할 수 있다. 지금으로서는 부조리만이 양자를 결합하는 유일한 끈이다. 만약 내가 명증에 머물러 있기를 바란다면 나는 인간이 바라는 바를 알고, 세계가 인간에게 제공하는 것이 무엇인지 알며, 이제는 이 양자를 결합하는 것도 안다고 말할 수 있다. 나는 이제 앞으로 파고들어갈 필요가 없다. 탐구하는 사람에게는 단 하나의 확실성만으로 족하다. 중요한 것은 다만 거기에서 모든 결과를 끄집어내는 데 있다.

즉각적인 결과는 동시에 하나의 방법적인 규칙이기도 하다. 이렇게 해서 밝혀지는 기이한 삼위일체는 갑작스러운 아메리카 발견과 같은 것이 아니다. 그러나 그 삼위일체는 무한히 단순하면서도 동시에 무한히 복잡하다는 점에서 경험의 여건과 공통점을 지닌다. 이러한 점에서 그 첫 번째 특징은 삼위일체가 서로 분리될 수 없다는 것이다. 항목 가운데 하나를 파괴하는 것은 전체를 파괴하는 것이다. 인간의 정신 밖에서 부조리는 있을 수 없다. 이리하여 부조리는 모든 사물이 그렇듯이 죽음과 함께 끝난다. 그러나 부조리는 이제 세상 밖에서 더는 있을 수 없다. 그리고 나는 부조리의 개념을 이 기본적인 표준을 통해서 본질적인 것으로 판단하고 그것을 나의 진리 가운데 첫째가는 것으로 형상화할 수 있다고 판단한다. 앞서 환기된 방법의 규칙이 여기에 나타난다. 만약 내가 어떤 사물이 진실이라고 판단한다면 나는 그것을 보존해야 한다. 만약 내가 어떤 문제를 해결하려고 애쓴다면 적어도 나는 이 해결 자체를 통해 문제의 항목 가운데 어느 하나라도 묵살해버려서는 안 된다. 내게 주어진 유일한 여건은 부조리다. 문제는 거기에서 어떻게 빠져나올 수 있는가, 과연 자살이 이 부조리에서 추론되는 것인가를 아는 데 있다. 사실상 나의 탐구에서 첫 번째 조건이자 유일한 조건은 나를 짓누르는 것 그 자체를 보존하고, 따라서 그 가운데 내가 본질적이라고 판단하는 것을 존중하는 일이다. 나는 이제 막 그것을 끊임없는 상호 대비와 투쟁이라고 정의했다.

이 부조리한 논리를 그 극한에까지 밀고나가면서 나는 이 투쟁이 희망의 전적인 결여(절망과는 아무런 관계도 없다), 끊임없는 거부(단념과 혼동해서는 안 된다), 그리고 의식적인 불만(젊은 시절의 불안과 동일시할 수는 없으리라)을 예측한다고 인정해야만 한다. 이러한 요청을 파괴하고 뭉개버리거나 혹은 교묘히 속이는 모든 것(그중에서도 특히 단절을 파괴하는 동의)은 부조리를 파괴하거나 그때 사람이 제시할 수 있는 태도를 평가절하한다. 부조리는 사람이 거기에 동의하지 않는 한에서만 의미가 있다.

*

전적으로 도덕적인 것처럼 보이는 하나의 명백한 사실이 있다. 인간은 항상 자기의 진리에 사로잡혀 있다는 것이다. 한번 진리를 인정해버리면 그는 거기에서 빠져나올 수 없다. 다소 값을 치러야만 한다. 부조리를 의식하게 된 인간은 영원히 거기에 결박당한다. 희망 없는 인간, 그리하여 존재를 의식한 인간은 이제 더는 미래에 속하지 않는다. 당연한 일이다. 그러나 그가 자신이 창조자인 우주에서 빠져나오려고 애쓰는 것도 마찬가지로 당연한 일이다. 지금까지 말해온 모든 것은 이 역설을 고려할 때에만 비로소 의미를 지닌다. 이러한 점에서 합리주의의 비판에서 시작하여 부조리한 풍토를 인식한 사람들이 어떻게 그들의 결과를 밀고나가는가를 검토해보는 것보다 더 교훈적인 것은 없을 것이다.

그런데 실존철학에 관심을 기울일 때 예외 없이 모두가 내게 도피를 권하는 것처럼 보인다. 인간에게 닫혀 있고 한정된 세계에서, 이성의 잔해 위에서 부조리로부터 출발한 그들은 이상야릇한 논증을 통해 그들을 짓누르는 것을 신성화하며, 그들을 약탈하는 것 속에서 희망의 이유를 발견한다. 강요된 이 희망의 본질은 누구에게나 종교적 성격을 띠고 있다. 이 점을 주목할 만한 가치가 있다.

나는 여기서 하나의 예로 셰스토프와 키르케고르의 특유한 몇 개의 주제를 분석하는 데 그치고자 한다. 그러나 야스퍼스는 희화에까지 이르는 태도의 전형적인 예를 우리에게 제공할 것이다. 이로써 나머지 주제들도 더욱더 분명해질 것이다. 그는 초월자를 구현할 능력도 없고 경험의 깊이를 헤아릴 능력도 없으며, 좌절로 뒤죽박죽된 이 우주를 의식한다. 그는 전진할 것인가, 아니면 적어도 이 좌절에서 결론을 이끌어낼 것인가? 그가 새롭게 제시할 수 있는 것은 아무것도 없다. 그는 경험 속에서 발견한 것이라고는 자기 무력함의 고백뿐, 만족할 만한 어떤 원칙을 추론할 만한 구실은 전혀 찾아내지 못했다. 그럼에도 자신이 직접 말한 그대로 아무런 정당성도 없이 단숨에 초월자와 경험의 존재, 그리고 삶의 초인간적 의미를 동시에 단정한다. "좌절은 가능한 모든 설명과 해설을 넘어서 허무가 아니라 초월적인 것의 존재를 가리키는 것이 아닌가." 갑자기 그리고 인간적 신뢰의 맹목적인 행위를 통해 모든 것을 설명하는 이 존재를 그는 "보편적인 것과 개별적인 것과의 상상할 수 없는 통일"이라고 정의한다. 이리하여 부조리는 신(이 말의 가장 넓은 의미에서)이 되고 이해 불가능성은 모든 것을 밝히는 존재가 된다. 이러한 추론은 전혀 논리적이지 않다. 나는 이를 비약이라고 부를 수 있다. 그리고 역설적으로 초월자의 경험을 실현 불가능한 것으로 되돌리려는 야스퍼스의 고집과 무한한 인내를 이해할 수 있다. 왜냐하면 이 접근이 멀어지면 멀어질수록 이 정의는 더욱 헛된 것으로 밝혀지고 이 초월자는 그에게 현실적인 것이 되기 때문이다. 이 초월자를 긍정하려는 그의 열정은 바로 그의 설명 능력과 세계 및 경험의 비합리 사이에 있는 거리와 정비례하기 때문이다. 야스퍼스가 세계를 더욱 근본적인 방법으로 설명하려고 하면 할수록 그만큼 이성의 독단을 파괴하기에 열중하는 것처럼 보인다. 이 굴욕적인 사고의 사도(使徒)는 굴욕의 극한에서 존재를 그 심오한 깊이 속에서 재생시킬 수 있는 것을 찾아내고자 할 것이다.

신비주의 사상은 우리를 이와 같은 방법에 익숙해지게 했다. 이러한 방법은 정신의 어떠한 태도에 못지않게 정당한 것이다. 그러나 지금 나는 어떤 문제를 진지하게 다루는 것처럼 행동하고 있다. 이러한 태도의 일반적인 가치, 그 교육적인 힘을 예측하지 않고 나는 다만 나 자신에게 부과한 조건에 그 태도가 맞는 것인가, 그리고 그 태도가 나의 관심을 끄는 투쟁에 합당한 것인가를 고찰하고자 할 뿐이다. 이렇게 해서 나는 다시 셰스토프로 돌아온다. 어느 주석자는 흥미를 끌 만한 다음과 같은 셰스토프의 말을 인용한다. "단하나의 참다운 해결책은 바로 인간의 판단에는 해결이 없다는 바로 그 점에 있다. 그렇지 않다면 우리에게 무엇 때문에 신(神)이 필요할까? 사람이 신에게 향할 때는 불가능한 것을 얻고자 할 때뿐이다. 가능한 것이라면 인간으로도 충분하다." 만약 셰스토프의 철학이 있다면 그것은 전적으로 이렇게 요약된다고 말할 수 있다. 왜냐하면 열정적인 그의 분석 끝부분에 이르러서 셰스토프가 모든 존재의 근원적인 부조리성을 발견할 때 그는 "여기에 부조리가 있다"라고 말하지 않고, "여기에 신이 있다. 설령 그가 우리 인간 이성의 어떤 범주와도 부합하지 않는다고 할지라도 몸을 의지할 곳은 바로 신이다"라고 말하기 때문이다. 혼란을 막기 위해 이 러시아 철학자는 신이 아마도 증오의 신으로서 혐오할 만한 존재, 이해할 수 없는 모순에 차 있는 존재일지 모른다고 암시하기까지 하지만 신의 얼굴이 아주 추악해지면 추악해질수록 그는 신의 힘을 가장 힘 있게 주장하는 셈이 된다. 신의 위대함, 곧 모순이다. 그의 증명, 그것은 곧 그의 비인간성이다. 그의 품 안으로 비약해야 하고 이 비약을 통해 합리적인 환상에서 해방되어야 한다. 이리하여 셰스토프에게는 부조리의 수용은 부조리 그 자체와 동시적이다. 부조리를 확인한다는 것은 부조리를 수용한다는 것이며, 그 사고의 모든 논리적 노력은 부조리를 밝혀 그것이 수반하는 거대한 희망을 동시에 솟아나게 하는 데 있다. 다시 한번 말하지만 이 태도는 정당하다. 그러나 여기서 나는 단 하나의 문제와 거기서 도출되는 모든 결과를 고찰하리라 고집한다. 나는 신앙의 사고 혹은 행위의 비장함을 검토할 필요가 없다. 나는 얼마든지 그렇게 할 이유가 있다. 나는 합리주의자가 셰스토프적 태도에 불만을 가지고 있다는 것을 안다. 그러나 나는 합리주의자가 틀렸고 셰스토프가 옳다는 것 또한 느끼고 있으며 다만 그가 부조리의 계율을 충실히 지키는지 알고 싶을 따름이다.

그런데 부조리가 희망의 반대라는 것을 인정한다면, 셰스토프에게 실존 사상은 부조리를 예상하지만 다만 그것을 지워버리기 위해서 그것을 논증하는 것에 지나지 않는다는 것을 알 수 있다. 이러한 사고의 섬세함은 마술사의 비장한 곡예다. 한편 셰스토프는 그의 부조리를 이상적인 도덕과 이성에 대립시킬 때 그것을 진리라고 부르고 속죄라고 부른다. 그러므로 근본에서, 그리고 이러한 부조리의 정의에서 셰스토프는 근본적으로 어떤 동의를 표시하는 것이다. 만약 우리가 부조리 개념의 모든 힘이 우리의 근본적인 희망과 상반되는 방식에 있다는 것을 인정한다면, 그리고 부조리는 소멸되지 않고 존속하기 위하여 우리가 부조리에 동의하지 않기를 요구한다는 것을 느낀다면, 이때 부조리는 이해할 수 없지만 동시에 만족을 주는 영원성 안으로 들어가기 위해 그 참다운 모습과 인간적이고 상대적인 성격을 잃어버렸다는 것을 우리는 잘 알게 될 것이다. 만약 부조리가 있다면 그것은 인간의 세계 안에서다. 부조리의 개념이 영원성으로 향하는 도약대로 바뀌는 순간 그 개념은 이미 인간의 명석함에 연결되어 있지 않게 된다. 부조리는 이미 인간의 동의 없이 그 존재를 확인하는 명증성은 아니다. 투쟁은 피하게 되었다. 인간은 부조리를 통합하고 이 일치 속에 대립, 분열, 단절이라는 부조리의 본질적 성격을 소멸시킨다. 이 비약은 일종의 회피다. "시간의 이음새에서 빠져나왔다"라고 한 햄릿의 말을 즐겨 인용하는 셰스토프는 이 말에 특별히 부여할 수 있는 일종의 완강한 희망을 품고 있다. 왜냐하면 셰익스피어가 햄릿이 이 말을 하도록 쓴 것은 그런 의도가 아니기 때문이다. 비합리적인 것에 대한 도취와 황홀에 대한 취향은 명석한 정신이 부조리를 외면하게 한다. 셰스토프에게 이성은 공허한 것이지만, 이성의 저편에는 무엇인가가 있다. 부조리한 정신에 이성은 공허한 것이지만 이성의 저편에는 아무것도 없다.

이 비약은 적어도 우리에게 부조리의 참다운 성격에 대해서 좀더 분명히 밝혀준다. 우리는 부조리가 어떠한 균형 가운데서만 가치를 가질 뿐이며 무엇보다도 먼저 비교 속에 있는 것이지 비교되는 항목 안에 있는 것이 아니라는 것을 알고 있다. 그러나 셰스토프는 바로 그 모든 항목 중 어느 하나 위에다 모든 무게를 실리게 해 균형을 파괴한다. 이해하고자 하는 우리의 욕구와 절대에 대한 향수는 우리가 많은 사물을 이해하고 설명할 수 있다는 점으로 범위 안에서만 설명될 수 있다. 이성을 완전히 부정하는 것은 헛된 일이다. 이성에는 나름의 영역이 있고, 그 영역 안에서 이성은 효력을 발휘한다. 바로 인간의 경험이라는 영역이다. 그러기에 우리는 모든 것을 명백히 밝히고자 한다. 만약 우리가 그렇게 할 수 없다면, 그래서 만약 부조리가 이 기회에 생겨난다면, 그것은 바로 효율적이지만 제한된 이성과 항상 되살아나는 비합리가 만나는 때다. 그런데 셰스토프가 "태양계의 운동은 불변의 여러 법칙에 따라 행해지며, 이러한 법칙들은 그의 이성이다"라는 헤겔의 명제에 화를 낼 때, 그가 온 정열을 기울여 스피노자적 합리주의를 분쇄하려 할 때, 셰스토프는 바로 모든 이성이 공허하다고 결론짓는다. 바로 여기에서부터 자연적인 그러나 비합법적인 복귀를 통해 비합리의 우위성이 생긴다.* 그러나 이 변화는 확실하지 않다. 왜냐하면 한계의 개념과 영역의 개념이 여기에 개입할 수 있기 때문이다. 자연의 법칙들은 어느 한계까지는 가치가 있을 수 있으나 그 한계를 넘어서면 부조리가 생기도록 하기 위해 자기 자신에 대한 반격을 가한다. 혹은 그 법칙들은 서술 면에서는 정당한 것으로 인정될 수 있지만 설명의 면에서는 정당하지 않을 수가 있다. 여기서는 모든 것이 비합리에 희생되고 분명함의 요구는 뭉개지면서 부조리는 그 비교의 모든 항목 중 하나와 더불어 사라져버린다. 반대로 부조리한 인간은 이러한 평등화를 행하지 않는다. 그는 투쟁을 인정하고, 이성을 절대적으로 경멸하지는 않으며 비합리를 받아들인다. 이리하여 부조리한 인간은 경험에 부여된 모든 것을 주시하고 알기 전에 비약하려고 하지 않는다. 그는 다만 이 주의 깊은 의식 가운데서 희망을 존재할 장소가 없다는 것을 알고 있을 따름이다.

레옹 셰스토프에게서 느낄 수 있는 바를 키르케고르에게서는 아

---

* 특히 예외의 개념에 관해서, 그리고 아리스토텔레스에 반대해서. (원주)

마도 더 많이 느낄 수 있을 것이다. 물론 키르케고르처럼 불확실한 사상가에게서 명백한 명제를 짚어내는 것은 어려운 일이다. 그러나 표면상 대립된 듯한 작품인데도 가명이나 장난 그리고 미소 너머로 우리는 그 작품 전체에 걸친 어떤 진리의 예감(동시에 두려움이기도 하다) 같은 것이 나타나는 것을 느낄 수 있는데, 그의 만년 작품에 이르러 결국 폭발해 명확히 드러난다. 즉 키르케고르도 역시 비약한다. 그가 어렸을 때 그렇게도 무서워했던 기독교의 가장 엄격한 얼굴로 끝내 되돌아간다. 그에게도 역시 이율배반과 역설은 종교적인 것의 기준이 된다. 그리하여 인생의 의미와 깊이에 절망케 했던 바로 그것이 이제는 그에게 진리와 빛을 준다. 기독교란 스캔들이며 키르케고르가 한결같이 요구하는 것은 이냐시오 데 로욜라가 요구한 제3의 희생, 신이 가장 기뻐하시는 희생인 '지성의 희생'*이다. '비약'의 이러한 결과는 이상한 것이지만 이미 우리를 놀라게 하지는 않는다. 이 비약은 세계를 경험한 찌꺼기에 불과한데, 그러한 부조리를 그는 또 다른 세계의 기준으로 삼는다. "믿는 자는 그의 패배 가운데서 승리를 찾는다"라고 키르케고르는 말한다.

나는 이 태도가 어떤 감동적인 설교에 연결되는가를 굳이 자문하

---

* 내가 여기서 신앙의 문제라는 본질적인 문제를 소홀히 하고 있다고 생각할지도 모른다. 그러나 나는 키르케고르나 셰스토프 또는 앞으로 문제 삼게 될 후설의 철학을 검토하려는 것은 아니다(그렇게 하려면 다른 장소와 다른 정신적 태도가 필요할 것이다). 나는 그들에게서 하나의 주제를 빌려 그 결론이 이미 정해진 규칙에 맞는 것인가를 살펴보고 있다. 다만 문제는 집착에 있다. (원주)

지는 않겠다. 나는 다만 부조리의 모습과 그 본래의 성격이 이런 태도를 정당화하는지를 자문해볼 필요가 있을 뿐이다. 이 점에 대해서 그렇지 않다는 것을 나는 알고 있다. 다시 한번 부조리의 내용을 살펴보면 키르케고르에게 영감을 준 방법을 우리는 더 잘 이해하게 된다. 세계의 비합리와 부조리의 반항적 향수 사이에서 그는 균형을 유지하지 못한다. 엄밀히 말해서 부조리의 감정을 이루는 관계를 그는 존중하지 않는다. 비합리에서 빠져나올 수 없다고 확신하면서 그는 적어도 그의 눈에 척박하고 가망도 없어 보이는 그 절망적인 향수에서 달아나기를 바란다. 그러나 설령 이 점에 대한 그의 판단이 옳더라도 그는 그의 부정 또한 마찬가지로 옳다고 할 수는 없을 것이다. 그가 그의 반항의 외침을 열정적 동의로 바꾸어놓을 때, 그는 지금까지 그의 의식을 비추던 부조리를 잊고 이제부터 그가 가지게 될 유일한 확실성, 즉 비합리를 신격화하기에 이른다. 중요한 것은 갈리아니* 신부가 데피네 부인에게 말했듯이 결점을 고치는 것이 아니라 결점을 가지고 사는 것이다. 키르케고르는 치유되기를 바란다. 치유는 그의 열렬한 소원이며, 그의 일기 전편에 걸쳐 흐르는 것이기도 하다. 그의 지성이 기울인 온갖 노력은 인간 조건의 이율배반에서 빠져나오려는 데 있다. 신에 대한 두려움도 신앙심도 그에게 평화를 줄 수 없었던 것처럼, 말하자면 그가 노력에 관해서 말할 때, 금방 헛됨을 알아차리는 만큼 더욱더 절망적인 노

---

*   이탈리아의 신부. 서간집으로 유명한 문학인이기도 하다. (옮긴이 주)

력이다. 이리하여 괴로운 구실을 동원해 그는 비합리에 얼굴을, 그
의 신에게 부조리의 속성, 즉 부당함, 모순, 불가해성을 부여한다.
그에게는 오직 지성만이 인간 마음의 깊은 요구를 억누르게 한다.
아무것도 증명되지 않으므로 모든 것이 증명될 수 있다.

키르케고르는 우리에게 자신이 걸어온 일관된 길을 드러내 보여
준다. 나는 여기서 아무것도 암시하고 싶지 않다. 그러나 그의 작품
들에서 부조리에 동의하는 훼손과 영혼의 거의 자발적인 훼손 의지
가 드러나는 것을 왜 알아차리지 못하겠는가? 이것이 바로 그의 일
기에서 반복되는 중심 사상이다. "나에게 부족한 것은 바로 동물적
요소다. 이 동물적 요소 역시 인간 운명의 일부이다…… 그러니 나
에게도 육체를 다오." 그리고 좀 더 나아가면 "오! 특히 나의 청춘 시
절에, 단 6개월만이라도 인간이 되기 위해서라면, 나는 모든 것을 내
주었을 텐데…… 사실 나에게 결핍된 것은 육체이며 존재의 물질적
조건이다." 그런데 이와 같이 말했던 키르케고르가 다른 책에서는
수 세기에 걸쳐 부조리한 인간을 제외한 수많은 사람의 마음을 고
무시켜온 희망의 큰 외침을 자기의 것으로 삼고 있다. "그러나 기독
교 신자에게 죽음은 결코 모든 것의 종말이 아니다. 건강과 힘이 넘
쳐나는 삶이 우리에게 허락해주는 것보다 더 끝없이 많은 희망을 포
함하고 있다." 스캔들을 통한 화해 역시 화해의 한 종류다. 이 화해는
아마도 희망을 그의 반대인 죽음에서 끌어내도록 허용할 것이다. 그
러나 설령 동정이 이러한 태도 쪽으로 기울어진다고 할지라도 정상
(正常)을 벗어난 태도는 아무것도 정당화하지 않는다고 말해야만 한

다. 이는 인간의 척도를 넘어선 것이며, 그러므로 초인간적인 것이어야만 한다고 사람들은 말한다. 그러나 이 '그러므로'라는 말은 없어도 된다. 여기에는 논리적 확실성이 전혀 없다. 실험적 개연성이 조금도 없다. 내가 말할 수 있는 것은 그것이 사실상 나의 척도를 넘어서고 있다는 것뿐이다. 만약 내가 여기서 부정(否定)을 끌어내지 않는다고 할지라도, 나는 적어도 이해할 수 없는 것 위에는 아무것도 근거를 두고 싶지 않다. 내가 또한 알고 있는 것, 그리고 오로지 그 알고 있는 것만으로 살 수 있는지를 나는 알고 싶은 것이다. 사람들은 또한 여기서 나에게 지성은 오만을 희생해야 하며 이성은 자신을 굽혀야 한다고 말한다. 그러나 만약 내가 이성의 한계를 인정한다고 할지라도, 그렇다고 해서 나는 나의 상대적인 능력을 감사히 여기면서 그것을 부정하지는 않는다. 나는 단지 지성이 분명히 남아 있을 수 있는 이 중간의 길을 고수하고 싶다. 이런 태도가 지성의 오만이더라도 나는 그것을 포기할 만한 충분한 이유를 알지 못한다.

예를 들면, 절망은 하나의 사실이 아니라 하나의 상태, 즉 죄의 상태 그 자체라고 말하는 키르케고르의 관점보다 더 심오한 것은 없다. 왜냐하면 죄라는 것은 신에게서 멀어지게 하기 때문이다. 의식적 인간의 형이상학적 상태인 부조리는 신에게로 인도하지 않는다.* 아마도 이 개념은 내가 "부조리란 신(神)이 없는 상태에서 존재

---

* 나는 "신을 배제한다"라고는 말하지 않았다. 그렇게 했다면 그것 역시 단언하는 것이 되고 말 것이다. (원주)

하는 죄다"라는 엄청난 말을 감히 한다면 명백해질 것이다.

이 부조리의 상태, 문제는 거기서 산다는 데 있다. 나는 부조리가 무엇에 근거를 두고 있는가를 알고 있다. 즉 포옹할 수 없이 서로 몸을 뒤로 젖히는 이 정신과 이 세계 위에 있다. 나는 이 상태에 대한 삶의 규칙을 묻고 있는데, 나에게 제공되는 것은 이 근거를 무시하고 고통스러운 대립의 항목 중 하나를 부정하고 기권하기를 나에게 명령한다. 나는 내 것으로 확인된 조건이 무엇을 가져오는가를 묻는다. 그 조건이 암흑과 무지를 의미함을 나는 알고 있으며, 사람들은 나에게 이 무지는 모든 것을 설명하고 이 밤이 나의 빛이라고 단언한다. 그러나 여기서 사람들은 나의 의도에는 대답하지 않고 이 열광적인 서정도 나에게 역설을 숨기지는 못한다. 그러므로 포기하는 수밖에 없다.

키르케고르는 이렇게 외치며 경고할 수도 있다. "만약 인간이 영원한 의식을 갖고 있지 않다면, 만약 모든 사물의 밑바닥에 어두운 정열의 소용돌이 가운데서 크고도 하찮은 모든 사물을 산출하는 원시적이고 강렬한 힘이 있을 뿐이라면, 만약 어떤 것으로도 채워질 수 없는 바닥 없는 공허가 사물 밑에 숨겨져 있다면, 삶이란 대체 절망 이외의 무엇이겠는가?" 이 외침이 부조리한 인간을 멈추게 하지는 않는다. 만약 "삶이란 도대체 무엇일까?"라는 괴로운 질문에서 빠져나오기 위해 나귀처럼 환상의 장미꽃을 먹고살아야 한다면, 부조리한 정신은 단념하고 허위에 몸을 맡기기보다는 차라리 두려움 없이 키르케고르의 대답, 즉 '절망'을 받아들이기로 택할 것이다. 결국 확고한 영혼은 항상 이를 잘 감당해낼 것이다.

*

나는 여기서 감히 실존적 태도를 철학적 자살이라고 부르고자 한다. 그러나 이 말이 어떤 판단을 전제하는 것은 아니다. 이것은 하나의 사상이 스스로를 부정하며 자기를 부정하는 가운데서 자신을 초월하고자 하는 움직임을 가리키는 하나의 편리한 방법이다. 실존적인 사람들에게는 부정이 곧 그들의 신이다. 정확하게 말해서 이 신은 인간 이성을 부정할 때 존속된다.* 그러나 자살과 마찬가지로 신들도 사람에 따라 다르다. 본질적인 것은 비약인데 비약에는 여러 가지 방법이 있다. 속죄의 부정, 아직 뛰어넘지 않은 장애물을 부정하는 최후의 반항은(이 논증의 목표가 바로 이 역설이다) 어떤 종교적 영감뿐만 아니라 이성적 질서에서 생기기도 한다. 이러한 부정들은 항상 영원을 동경하며 이들이 비약하는 것은 오직 그 이유뿐이다.

다시 한번 강조하지 않을 수 없는 것은 이 시론이 추구하는 논증이 견식 있는 현대의 가장 널리 퍼져 있는 정신적 자세, 즉 모든 것은 합리적이라는 원리에 의존하며 이 세계에 하나의 설명을 부여하고자 하는 정신적 태도를 아주 등한히 하고 있다는 점이다. 이 세계

---

* 다시 한번 밝혀두기로 하자. 여기서 문제되는 것은 신의 긍정이 아니라 그곳으로 이끌어가는 논리이다. (원주)

는 명확해야 한다고 인정할 때, 그에 대한 분명한 견해를 주려는 것은 당연하다. 심지어 정당하기까지 하지만, 우리가 여기서 추구하는 논증과는 관련이 없다. 사실 이 목적은 세계의 무의미성에 관한 철학에서 출발하여 마침내 그 의미와 깊이를 발견하기에 이르는 정신의 발자취를 밝히는 것이다. 이러한 발자취에서 가장 비장한 것은 그 본질이 종교적이다. 그것은 비합리의 주제 속에서 현저히 나타난다. 그러나 가장 역설적이고 가장 뜻깊은 것은 처음에는 아무런 주도적 원칙이 없다고 상상했던 세계에 논리적인 이유를 부여하는 정신의 발자취다. 아무튼 향수라는 인간 정신이 무엇을 새롭게 획득했는지 알지 못하는 상태에서는 우리의 관심을 끄는 결과에 도달하지 못할 것이다.

나는 다만 후설과 현상학자들을 통해 유행했던 '지향(l'intention)'이라는 주제만 검토해보고자 한다. 이 주제는 이미 언급된 바 있다. 원래 후설의 방법은 이성의 고전적 발자취를 부정한다. 다시 반복해보자. 사고한다는 것은 곧 통일하는 것이 아니며 어떤 커다란 원리의 모습 아래 현상을 친근하게 만드는 것도 아니다. 사고한다는 것은 새로이 보는 법을 다시 배우고 그 의식을 인도하고, 각각의 이미지에 특권을 부여해준다. 달리 말하자면, 현상학은 세계를 설명하는 것을 거부하며 단지 경험된 서술로 그치고자 한다. 하나의 진리는 없고, 여러 진리만이 있을 뿐이라는 맨 처음의 주장에서 부조리의 사상과 일치한다. 저녁 바람에서부터 내 어깨 위에 있는 이 손에 이르기까지, 모든 것은 각자 나름의 진리를 가지고 있다. 이 진리에 의식이 주의를 기울여 그것을 밝혀내는 것이다. 의식은 그의 인식 대상을 형성하지 않는다. 다만 응시한다. 의식은 주의를 기울이는 행동이며 베르그송의 비유를 빌리자면 단번에 영상 위에 고정되는 영사기와도 같은 것이다. 차이점은 시나리오가 없으며, 계속적이고 모순된 화면만이 있다는 점이다. 이 마술적인 환등 안에서 모든 영상은 특권을 누린다. 의식은 주의를 기울이는 대상들을 경험 가운데 정지시켜놓는다. 의식은 기적에 가까운 방식으로 대상들을 고립시킨다. 그러나 대상들은 모든 판단 밖에 있게 된다. 의식에 특징을 부여하는 것이 바로 '지향'이다. 그러나 이 말은 목적성의 개념을 조금도 포함하지 않는다. 즉 '반향'이라는 의미로 생각되며, 다시 말해서 지형학적 가치만을 가지고 있을 뿐이다.

언뜻 봐서는 부조리한 정신에 상반되는 것은 아무것도 없는 것처럼 보인다. 설명하기를 거부하고 단지 서술하는 데 그치는 이 사고의 현저한 겸손함, 역설적으로 경험의 깊은 풍요를 이룩하고 세계를 그 장황함 속에서 재생케 하는 이 의지적인 규율, 이러한 것들이 부조리의 발자취다. 적어도 처음 보기에는 그렇다. 왜냐하면 다른 경우에서처럼 이 경우에도 사고의 방법은 언제나 두 개의 측면, 즉 심리적인 면과 형이상학적인 면을 가지고 있기 때문이다.* 이로써 이 방법론들은 두 개의 진리를 내포한다. 만일 지향성이라는 주

---

* 가장 엄밀한 인식론까지도 형이상학을 예상한다. 그리고 이 시대 대부분의 사상가의 형이상학은 인식론밖에 가진 것이 없다는 점에 있다고 할 정도다. (원주)

제가 현실을 설명하는 대신에 현실을 소진시키는 심리적 태도만을 보여준다면, 사실 지향성의 주제와 부조리한 정신을 분리해서 봐야 할 이유가 전혀 없다. 지향성의 주제는 초월할 수 없는 것을 열거하는 일만을 목표로 삼는다. 다만 통일성의 모든 원리가 결여된 가운데서 사고는 아직도 경험의 모습을 하나하나 서술하고, 이해하는 데에서 여전히 기쁨을 발견한다고 주장할 따름이다. 이때 진리는 심리적 범주에 속하게 된다. 그 진리는 현실을 보여줄 수 있는 '관심'에 관해 진술할 따름이다. 관심은 졸고 있는 세계를 잠에서 깨우며 세계를 정신에서 살아 있는 것으로 느끼게 하는 하나의 방법이다. 그러나 만약 이 진리의 개념을 확대하고 합리적으로 설정하고자 한다면, 그리고 만약 인식에서 각 대상의 '본질'을 발견하고자 주장한다면, 우리는 경험 자체의 깊이를 반환해주는 셈이 된다. 부조리한 정신으로는 이를 이해할 수 없다. 그런데 지향적인 태도 가운데서 감지할 수 있는 것은 겸손과 확신 사이의 동요이며, 현상학적 사고의 유동적인 반사는 모든 부조리한 논증을 전혀 다른 측면에서 더욱 잘 일깨워줄 것이다.

왜냐하면 후설도 지향성이 밝혀주는 "초시간적 본질"을 말하고 있으며 이는 플라톤의 철학을 듣는 듯한 느낌이기 때문이다. 모든 사물은 단 하나로 설명되는 것이 아니라 모든 것으로 설명된다. 나는 여기서 차이를 인정하지 않는다. 확실히 의식이 각각의 서술 끝에서 '성취하는' 이 관념이나 본질을 완전한 모델이라고 사람들 역시 말하고 싶어 하지 않는다. 그러나 그들은 이 본질들이 지각에 부여되는 모든 것 가운데 직접적으로 현존하는 것이라고 주장하고 있다. 모든 것을 설명하는 단 하나의 관념은 이제 없지만 무한의 대상에 의미를 부여하는 무한의 본질은 있다. 세계는 멈추었지만 조명을 받는다. 플라톤의 실재론은 직관적으로 변화했지만 그래도 역시 실재론의 하나다. 키르케고르는 그의 신 가운데 빠져들어가고, 파르메니데스는 유일자(唯一者) 안으로 사고를 잠겨버리게 한다. 그러나 여기서 사고는 추상적 다신교 안으로 뛰어든다. 그뿐만이 아니다. 즉 환각이나 허구까지도 역시 "초시간적 본질"의 일부를 이룬다. 관념의 새로운 세계 안에서 반인반마(半人半馬)의 범주는 지하철이라는 좀 더 평범한 범주와 협력한다.

부조리한 인간이 볼 때, 세계의 모든 얼굴이 특권적이라는 이 순전히 심리적인 의견 속에는 쓰라림과 아울러 어떤 진리가 담겨 있었다. 모든 것이 특권적이라는 말은 모든 것이 동일한 가치를 지닌다는 말과 같다. 그러나 이 진리의 형이상학적 국면이 이 근본적인 반동을 통해 후설을 아주 멀리까지 이끌고 갔기에 그는 아마도 자신이 플라톤에 더욱 가까워진 느낌이 들었을 것이다. 사실 그는 모든 이미지가 동일한 특권적인 본질을 전제한다는 한다는 가르침을 받은 것이다. 이러한 계급 없는 관념적 세계에서 정규군은 오직 장군들만으로 구성된다. 확실히 초월성은 제거되었다. 그러나 사고의 갑작스러운 전환은 우주에 그 깊이를 회복시켜주는 일종의 단편적인 내재성을 세계 안에 다시 도입한다.

정작 창조한 사람들은 더욱 신중히 다룬 주제를 내가 지나치게 멀리까지 이끌어간 것을 나는 걱정해야 할까? 다만 나는 후설의 다음과 같은 확신을 읽을 뿐이다. 역설적인 것으로 보지만 앞서 말한 것을 인정한다면 그 엄격한 논리를 느낄 것이다. "진실한 것은 그 자체로 절대적으로 진실하다. 진리는 하나이며, 진리를 알아내는 것이 인간, 괴물, 천사, 혹은 신, 그 어떤 것이건 간에 진리는 그 자신과 동일하다." 이 말로써 이성은 승리의 나팔을 분다. 나는 그 사실을 부정할 수 없다. 부조리한 세계 안에서 그의 확인은 무엇을 의미할 수 있는가? 천사 또는 신의 지각이라는 것은 내게 아무 의미도 없다. 신적(神的)인 이성이 나의 이성을 인준하는 기하학적 장소는 내게 언제나 불가해하다. 여기서도 역시 나는 비약을 밝혀낸다. 비록 추상적인 것 속에 이루어진 것이라고 할지라도 내게 그것은 역시 내가 잊지 않으려고 하는 것의 망각을 의미한다. "설령 인력에 지배된 모든 물체가 사라지더라도 인력의 법칙은 파괴되지 않을 것이며 다만 적용되지 않은 상태로 남아 있을 뿐이다"라고 후설이 뒤이어 쓴 외침에서, 나는 내가 위안의 형이상학 앞에 서 있음을 알게 된다. 그리고 만약 사고가 명증의 길에서 벗어나는 전환점을 발견하고자 한다면 나는 후설이 정신에 관해서 하고 있는 다음과 같은 대조적인 논증을 다시 읽는 것으로 족하다. "만약 우리가 심적(心的) 과정의 정확한 법칙을 분명하게 바라볼 수 있다면 그 법칙들은 자연과학의 논리적인 기본 법칙과 같이 영원하고 불변한 것으로 나타날 것이다. 그러므로 아무런 심적 과정이 없다고 할지라도 그 법칙들은 가치가 있다." 설령 정신은 없더라도 그 법칙은 존재할 것이다!

이때 나는 후설이 심리학적 진리를 합리적 법칙으로 만들려고 한다는 것을 깨닫는다. 즉 인간 이성의 통합적 능력을 부정한 후에 그는 이를 명분으로 삼아 영원한 이성 안으로 비약하는 것이다.

이리하여 "구체적 우주(l'univers concret)"라는 후설의 주제도 이미 새롭고 놀라울 것이 없다. 모든 본질은 형식적인 것이 아니라 물질적인 것이며, 전자는 논리학의 대상이고 후자는 과학의 대상이라고 내게 말하는 것은 정의(定義)의 문제에 지나지 않는다. 추상적인 것은 구체적인 보편의 일부 그 자체로서 성립되지 않는 한 부분만을 명시한다고 사람들은 주장한다. 그러나 이미 밝혀진 추상과 보편 사이의 전환 덕분에 나는 이러한 말들의 혼란에서 혼동하지 않을 수 있다. 왜냐하면 이 말은 내가 주목하는 구체적 대상, 이 하늘, 이 외투 자락에 어리는 물의 반사가 그 자체로 나의 관심이 이 세계 안에서 도려내는 현실의 위력을 간직한다는 것을 의미할 수 있기 때문이다. 나도 그 점을 부정하지 않을 것이다. 그러나 또한 이 외투 그 자체가 보편적인 것으로 고유하고 만족스러운 본질을 가지며 형상의 세계에 속한다는 것을 뜻할 수도 있다. 이때 나는 단지 행렬의 순서가 바뀌었을 뿐이라는 것을 깨닫는다. 이 세계는 이미 더 높은 우주 속에 자신의 그림자를 드리우지는 않지만 형상의 하늘은 땅의 수많은 이미지 가운데 형성된다. 그렇다면 내게는 아무것도 변화된 것이 없다. 내가 여기서 재발견하는 것은 결코 구체적인 것에 대한 존중이나 인간 조건의 의미가 아니라 구체적인 것, 그 자체를 보편화하려는 상당히 분망한 주지주의일 뿐이다.

*

    굴욕적인 이성과 당당한 이성의 상반된 길을 통해 사고를 그 자신의 부정(否定)으로 인도하는 표면상의 역설에 사람들은 부질없이 놀란다. 후설의 추상적 신에서부터 키르케고르의 전격적인 신까지의 거리는 그다지 멀지 않다. 이성과 비합리는 동일한 가르침으로 우리를 인도한다. 사실 길은 아무래도 좋고 도달하려는 의지만으로 충분하다. 추상적인 철학자와 종교적인 철학자는 똑같은 혼란에서 출발하여, 똑같은 고뇌 속에서 버텨낸다. 그러나 본질은 설명에 있다. 여기서는 향수가 인식보다 더 강하다. 이 시대의 사고가 세계의 무의미성의 철학에 가장 깊이 침투된 것 중의 하나라는 점과 동시에 그 결론에서 가장 분열된 것 중의 하나라는 것은 중요한 의미가 있다. 이 사고는 유형별 이성들로 분할하는 현실의 극단적 합리화와 현실을 신격화하도록 부추기는 극단적 비합리 사이를 끊임없이 오간다. 그러나 이러한 단절은 표면적인 것에 불과하다. 문제는 이 둘을 서로 조화시키는 일이며, 두 경우 모두 비약만 한다면 조화할 만하다. 사람들은 이성의 개념이 일방통행이라고 잘못 생각하고 있다. 사실상 그 개념은 그의 의도가 아무리 엄밀하다고 할지라도 다른 것과 마찬가지로 역시 유동적이다. 이성은 아주 인간적인 모습을 하고 있지만, 역시 신에게로 돌아설 줄도 안다. 처음으로 이성과 영원한 풍토를 양립시킬 줄 알았던 플로티노스 이래로, 이성은 모순이라는 그의 가장 귀중한 원리에서 벗어나 참여라는 지극히 낯설고 마술적인 원칙을 배워왔다.* 이성은 사고의 방편이지 사고 그 자체는 아니다. 인간의 사고란 무엇보다도 그의 향수다.

이성은 플로티노스적 우수를 진정시킬 줄 알았던 것처럼 영원성의 낯익은 무대 장치 속에서 스스로 진정시킬 방법을 현대의 고뇌에 제공한다. 부조리한 정신은 운이 없다. 그의 입장에서 볼 때, 세계는 그렇게 합리적인 것도 비합리적인 것도 아니다. 세계는 비이성적이며 오직 그뿐이다. 후설에게 이성은 결국 한계점을 갖지 않기에 이른다. 이와 반대로 이성이 부조리의 고뇌를 진정시킬 힘이 없기 때문에 부조리는 그의 한계를 설정한다. 한편 키르케고르는 이성을 부정하기에는 단 하나의 한계만으로 충분하다고 확언한다. 그러나 부조리한 인간은 그렇게까지 멀리 가지 않는다. 그에게 이 한계는 다만 이성의 야망을 겨냥하는 것이다. 실존주의자들이 생각하고 있는 것과 같은 비이성적 주제는 혼란된 이성, 그리하여 자신을 부정해서 자신을 해방하는 이성이다. 부조리는 한계를 확인하는 명석한 이성이다.

부조리한 인간은 어려운 길 끝에서 그의 참다운 이성을 알아낸다. 그의 깊은 요구와 사람들이 그에게 제공하는 것을 비교할 때 그

---

*   A: 이 시대에 이성은 적응하거나 죽거나 둘 중 하나였다. 그래서 이성은 적응한다. 플로티노스와 더불어 이성은 논리적인 것에서 미적(美的)인 것으로 변화하며 은유법이 삼단논법을 대체한다.
    B: 한편 현상학에 플로티노스가 공헌한 바는 이뿐만이 아니다. 이러한 모든 태도는 이미 알렉산드리아의 사상가가 그토록 소중히 여겼던 생각, 즉 인간의 관념뿐만 아니라 소크라테스의 관념도 있다는 생각 속에 포함되어 있었다. (원주)

는 자기가 거기에서 갑자기 돌아서리라는 것을 느낀다. 후설의 우주에서 세계는 명확해지며 인간의 마음에 있는 친화에 대한 욕구는 쓸데없는 것이 된다. 키르케고르의 묵시록에서 명석에 대한 이 욕망은, 만약 만족하고자 한다면, 자신을 희생해야만 한다. 죄는 아는 것에 있는 것이 아니라(그렇다면 모든 사람은 무죄다) 오히려 알려고 원하는 데 있다. 부조리한 인간이 자신의 무죄와 동시에 자신의 유죄성을 만든다고 느낄 수 있다는 점에서 이것이 바로 그의 유일한 죄다. 사람들이 그에게 제공하는 해결책들은 그가 지나온 모든 모순이 한낱 논쟁을 위한 장난에 불과하게 만든다. 그러나 부조리한 인간은 모순을 그런 식으로 느끼지 않았다. 이 모순들이 지닌 진실은 결코 조금도 만족스럽게 조금도 해소될 수 없다는 것이며 그 진실을 고수해야 한다. 부조리한 인간은 설교를 원하지 않는다.

나의 추론은 그 추론을 시작하게 한 명증에 충실히 하고자 한다. 이 명증이란 곧 부조리이다. 희구하는 정신과 실망을 주는 세계 사이의 단절, 통일에 대한 나의 향수, 여러 갈래로 분산된 우주, 그리고 그것들을 사로잡는 모순이 바로 부조리다. 키르케고르는 나의 향수를 말살하고 후설은 이 세계를 하나로 모아놓는다. 내가 기대했던 것은 이런 것이 아니다. 중요한 것은 이러한 분열과 함께 살아가고 생각하는 데 있으며, 받아들일 것인가 거부할 것인가를 아는 데 있다. 명증을 가리고 부조리라는 방정식에서 한쪽 항을 부정함으로써 부조리를 제거할 수 있는 것도 아니다. 부조리와 함께 살 수 있는지 혹은 논리가 부조리 때문에 죽을 것을 명하는지를 알아야만 한다. 나는 철학적 자살에 관심이 있는 것이 아니라 그저 자살에 관심이 있다. 내가 원하는 바는 다만 자살에서 정서적인 내용들을 모두 제거하고 자살의 논리와 진정성을 알아보고 싶을 따름이다. 다른 모든 태도들이 공통적으로 전제하는 것은 정신의 속임수이며 정신이 명백히 밝혀 놓은 것 앞에서 정신이 뒷걸음질 치는 것이다. 후설은 "이미 잘 알려지고 편리한 어떤 실존의 조건 안에서 살고 생각하는 고전적인 인습"에서 벗어나려는 욕망을 따르라고 말하지만, 그러나 그의 마지막 비약은 우리에게 영원과 그 영원이 주는 위안을 되돌려준다. 이 비약은 키르케고르가 원했던 것처럼 극단적인 위험을 보여주지는 않는다. 반대로 위험은 비약에 앞서는 미묘한 순간 속에 있다. 그 현기증 나는 산마루 위에서 균형을 잃지 않고 스스로를 지탱할 줄 아는 것, 거기에 바로 성실성이 있으며 나머지는 구실이다. 나는 또한 무력함이 키르케고르의 경우만큼 감동적인 조화를 불러일으킨 예는 일찍이 없었다는 것을 알고 있다. 그러나 만약 이 무력함이 역사의 무관심한 풍경 가운데 제자리를 차지한다면, 무력함은 이제 그 요구가 무엇인가를 알게 된 논증 속에서 자기 자리를 발견하지 못할 것이다.

부조리한 자유

　이제 주요한 논의는 이루어졌다. 나에게는 내가 빠져나올 수 없는 몇 가지 명증이 있다. 내가 알고 있는 것, 확실한 것, 내가 부정할 수 없는 것, 내가 내던져버릴 수 없는 것, 이러한 것들이 바로 중요한 것이다. 나는 불확실한 향수로 살아가는 나의 이 부분을 전부 부정할 수는 있지만, 통일에 대한 이 욕망, 해결을 향한 희구, 명석함과 응집력에 대한 이 욕구는 부정할 수 없다. 나는 나를 둘러싸고, 나에게 부딪쳐 오고, 나를 싣고 가는 이 세계 속에 있는 모든 것을 반박할 수는 있지만, 이 혼돈, 왕처럼 군림하는 이 우연, 무정부 상태에서 태어나는 이 신적인 등가성(等價性)만은 반박할 수 없다. 나는 이 세계가 그 자신을 뛰어넘는 의미가 있는지를 알지 못한다. 그러나 나는 내가 이 뜻을 인식하지 못하며, 지금으로서는 이 뜻을 인식하는 것이 불가능하다는 것을 알고 있다. 나의 조건 밖에 있는 의미가 존재한다고 해서 그것이 나에게 무슨 의미가 있는가? 나는 다만 인간적인 말을 통해서만 이해할 수 있을 뿐이다. 내가 만져보는 것, 나에게 저항하는 것, 이것이 바로 내가 이해하는 것이다. 그리하여 절대와 통일을 향한 나의 갈망, 이 세계를 합리적이고 이성적인 원리로 환원시킬 수 없는 불가능성, 이 두 개의 확신을 내가 일치시킬 수 없다는 것도 나는 안다. 거짓말을 하지 않고서야, 내게 있지도 않으며 내 조건의 한계 안에서는 아무런 뜻도 없는 희망을 개입시키지 않고, 내가 다른 어떤 진리를 인정할 수 있겠는가?

만약 내가 여러 나무들 가운데 한 그루의 나무라면, 여러 동물들 가운데 한 마리의 고양이라면, 이 삶에는 어떤 의미가 있을 것이다. 오히려 이러한 문제 자체는 아무런 의미도 없었을 것이다. 왜냐하면 나는 이 세계의 한 부분이 될 것이기 때문이다. 나는 지금 나의 모든 의식과 친밀함에 대한 요구를 통해 대립하는 이 세계 자체가 되어버리고 말 것이다. 이렇게도 가소로운 이성이 나를 모든 창조물에 대립시키고 있다. 나는 이것을 펜으로 줄을 긋듯이 단번에 부정할 수는 없다. 내가 진실이라고 믿는 것을 그러기에 나는 주장해야만 한다. 내게 그토록 분명하게 보이는 것은 비록 내 뜻에 반대된다고 할지라도 지지해야 한다. 그런데 이 세계와 나의 정신 사이의 갈등과 마찰의 밑바탕을 이루는 것은 바로 나의 의식 자체가 아니고 무엇이겠는가? 그러므로 내가 만약 지지하고자 한다면, 의식이 항상 새로워지고 항상 긴장해 있어야만 한다. 지금 내가 염두에 두어야 할 것은 바로 이것이다. 그러면 그토록 분명하고 정복하기 어려운 부조리가 한 인간의 삶 속으로 들어가 그의 고향을 되찾는다. 또한 이러한 때 정신은 명석한 노력의 황량하고 메마른 불모의 길을 떠날 수 있다. 그 길은 이제 일상의 삶으로 통한다. 그 길은 이름 없는 '군중'의 세계를 다시 발견하지만, 인간은 그때부터 그의 반항과 통찰력을 간직한 채 그곳으로 되돌아간다. 인간은 희망을 품는 방법을 잊어버린다. 현재라는 이 지옥이 바로 결국 인간의 왕국이다. 모든 문제가 칼날을 다시 휘두른다. 추상적인 명증은 형태와 색채의 서정성 앞에서 물러선다. 정신적인 갈등을 구체화하며 인간 마음의 비참하고도 찬란한 피난처를 다시 찾는다. 해결된 것은 아무것도 없다. 그러나 모든 것이 변모되었다. 곧 죽어야 할 것인가, 비약을 통해 빠져나갈 것인가, 자기 치수에 맞는 관념과 형태의 집을 다시 지을 것인가? 그와 반대로 비통하고 휘황한 내기를 견뎌 계속 이어갈 것인가? 이 점에 대해서 최후의 노력을 다하여 우리들의 모든 결론을 이끌어내보자. 그때 육체, 상냥함, 창조, 행동, 인간의 고귀함이 이 어처구니없는 세계에서 그들의 자리를 다시 잡게 될 것이다. 마침내 인간은 그곳에서 자기의 위대함을 키워나갈 부조리라는 술과 무관심이라는 빵을 되찾을 것이다.

방법론에 대해 다시 한번 강조해보자. 즉 고집하는 것이 중요하다. 자기 길을 가는 부조리한 인간은 그 길의 어느 지점에서 유혹당한다. 역사 속에는 심지어 신마저 없는 종교나 예언자도 있었다. 사람들은 부조리한 인간에게 비약하라고 요구한다. 그가 할 수 있는 대답은, 그가 잘 이해하지 못한다는 것, 분명치 않다는 것뿐이다. 그는 그가 잘 이해하는 것만을 행하고 싶어 한다. 사람들은 오만의 죄라고 단언하겠지만 그는 죄의 개념을 이해하지 못한다. 마지막에는 지옥이 기다리고 있으리라고 하지만, 그는 이런 이상야릇한 미래를 그려볼 만한 상상력을 가지고 있지 않다. 불사(不死)의 삶을 잃는다고 하지만 그에게는 하찮은 일로 보인다. 사람들은 그가 그의 유죄를 인정하기를 바랄지도 모른다. 하지만 그는 자신이 무죄라고 느낀다. 실제로 그는 그것만을, 돌이킬 수 없는 그의 무죄만을 느낀다. 그에게 모든 것을 허용하는 것이 바로 그 느낌이다. 그가 그 자신에게 요구하는 것은 '오직' 알고 있는 것만으로 살고, 실재하는 것으로 만족하며, 분명하지 않은 것은 아무것도 개입시키지 않는 것이다. 사람들은 그에게 분명한 것은 아무것도 없다고 대답한다. 그러나 적어도 이것만은 분명하다. 그와 관련 있는 것은 확실성뿐이다. 다시 말해 부조리한 인간은 구원의 호소 없이 사는 것이 가능한지를 알고 싶어 한다.

*

이제 나는 자살의 개념에 접근할 수 있게 되었다. 우리는 이 문제에 어떤 해결책을 내놓을 수 있는지를 이미 느끼고 있다. 이 점에서 문제가 뒤바뀌었다. 앞에서는 삶이 살아갈 만한 어떤 의미를 지니고 있어야만 하는지를 아는 것이 문제였다. 여기서는 그와 반대로 삶이 의미가 없기 때문에 그만큼 더 잘 살아갈 수 있다고 여길 것이다. 하나의 경험, 하나의 운명을 산다는 것은 그것을 전적으로 받아들이는 것이다. 그런데 우리는 운명이 부조리하다는 것을 알면서도, 만약 우리가 의식을 통해 밝혀진 이 부조리를 자기 앞에 계속 유지하기 위해 모든 것을 감수하지 않는다면, 운명을 살아가는 것이 아닐 것이다. 우리를 살아가게 하는 이 대립의 항들 가운데 하나를 부정하는 것은 부조리를 회피하는 것이 된다. 의식의 반항을 그만둔다는 것은 문제를 피하는 것이다. 이리하여 영속적인 혁명의 주제가 개인적인 경험 속으로 들어온다. 산다는 것, 그것은 부조리를 살아가게 하는 것이다. 부조리를 살게 한다는 것은 무엇보다도 먼저 부조리를 바라보는 일이다. 에우리디케*의 경우와는 반대로 부조리는 사람들이 거기에서 돌아설 때만 죽는 것이다. 이리하여 일관성 있는 유일한 철학적 입장의 하나는 반항이다. 반항은 인간이 인간 자신의 어둠과 벌이는 끊임없는 대결이다. 반항은 불가능한 투명성에 대한 요구다. 반항은 순간순간마다 세계를 문제 삼는다. 위험이 인간에게 반항할 유일한 기회를 마련해주듯이 형이상학적 반항은 경험 전반을 통해서 의식을 넓히는 것이다. 반항은 인간 자신에 대한 인간의 끊임없는 현존이다. 반항은 갈망이 아니다. 그리고 반항에는 희망이 없다. 이러한 반항은 짓누르는 운명의 확인일

---

* 그리스 신화에 나오는 오르페우스는 저승에 가서 자기 아내를 구출해오면서 절대로 뒤를 돌아보지 말라는 계율을 어겨 영원히 아내를 잃어버렸다. (옮긴이 주)

뿐, 그에 따르기 마련인 체념은 아니다.

여기서 우리는 부조리한 경험이 어떤 점에서 자살과는 거리가 먼 것임을 보게 된다. 자살은 반항에 뒤따라서 오는 것으로 생각할 수 있으리라. 그러나 그것은 잘못이다. 왜냐하면 자살은 반항의 논리적 결말을 나타내는 것이 아니기 때문이다. 자살은 동의(同意)를 가정한다는 점에서 반항과는 완전히 반대된다. 자살은 비약과 마찬가지로 극한에서 행하는 수작이다. 모든 것은 소모되고, 인간은 그 본연의 역사로 되돌아간다. 그의 미래, 그의 유일하고 무서운 미래를 판별하고 거기에 뛰어든다. 자살은 그 나름으로 부조리를 해결한다. 자살은 부조리를 똑같이 죽음 속으로 끌고 간다. 그러나 부조리가 유지되기 위해서는 부조리가 해결되어서는 안 된다는 것을 나는 알고 있다. 부조리가 죽음에 대한 의식이면서 동시에 거부라는 점에서 자살로부터 벗어난다. 부조리는 사형수가 마지막 생각의 극한 점에서 현기증 나는 전락 바로 직전 몇 미터에서도 아랑곳없이 눈에 들어와 보게 되는 구두끈 같은 것이다. 자살자의 반대는 바로 사형수다.

이러한 반항은 삶에 가치를 부여한다. 한 존재의 전 생애 위에 펼쳐진 이 반항은 삶에 그 위대함을 되돌려준다. 눈가리개를 하지 않은 사람에게는 자신을 뛰어넘는 현실과 지성이 맞서 싸우는 광경보다 더 아름다운 것은 없다. 인간적 자부심이 보여주는 풍경은 그 무엇에도 비할 수 없다. 아무리 그것을 가치 절하해보려 해봐야 아무것도 이루지 못한다. 정신이 스스로에게 부과하는 이 규율, 완전히 단련된 이 의지 그리고 이 대결은 강력하고 비범한 무엇인가를 지니고 있다. 현실의 비인간성은 인간의 위대함을 이루는데, 이 현실을 가난하게 만드는 것은 동시에 인간 자체를 가난하게 만드는 것이다. 그리하여 나는 모든 것을 내게 설명해주는 학설들이 왜 동시에 나 자신을 허약하게 만드는 것인지를 이해한다. 그 학설들이 내 삶의 무게를 덜어주기는 하나, 그 무게는 나 혼자서 짊어져야만 한다. 이 지점에서, 나는 회의적 형이상학이 체념의 모럴에 결부될 수 있다는 것을 도저히 납득할 수 없다.

의식과 반항, 즉 이 거부 행위는 체념의 반대다. 인간의 마음속에 있는 완강하고 열정적인 모든 것은 그의 삶에 맞서는 반항에 활기 띠게 한다. 화해하지 않고 죽는 것이 문제지, 자진해서 죽는 것은 문제가 아니다. 자살은 하나의 착각이다. 부조리한 인간은 다만 모든 것을 소모하고, 힘을 다 써버리는 수밖에 없다. 부조리는 인간의 가장 극단적인 긴장, 인간의 고독한 노력으로 한결같이 지속시키는 긴장이다. 왜냐하면 인간은 자신이 하루하루 의식과 반항을 통해 운명에 대한 도전이라는 그의 유일한 진리를 입증하고 있다는 것을 알기 때문이다. 이것이 첫 번째 결론이다.

*

만약 이미 내가 밝힌 개념에서 비롯되는 모든 결과를 (그리고 오직 이 결론만을) 이끌어낸다는 이 일관된 입장을 유지한다면, 나는 제2의 역설과 마주하게 된다. 나는 이와 같은 방법론에 충실하기 위해서 형이상학적 자유의 문제에 관해서는 아무런 관심도 두지 않는다. 인간이 자유로운지 아닌지를 아는 것은 내게는 흥미 없는 문제다. 나는 다만 나 자신의 자유를 경험할 수 있을 뿐이다. 나는 이 자유에 관한 일반적인 개념이 아니라 몇 개의 분명한 단편들을 인지하고 있다. '그 자체로서 자유'의 문제는 아무 의미가 없다. 왜냐하면 그것은 전혀 다른 방식으로 신의 문제에 결부되기 때문이다. 인간이 자유로운가를 알기 위해서는 인간이 하나의 주인을 가질 수 있는가를 알아야 한다. 이 문제에서 특수한 부조리성은 자유의 문제를 가능하게 하는 개념 그 자체가 동시에 이 문제에서 모든 의미를 빼앗아가버린다는 점에 있다. 왜냐하면 신 앞에서는 자유의 문제보다는 악의 문제가 더 크기 때문이다. 우리는 다음과 같은 양자택일의 경우를 알고 있다. 즉 우리들에게는 자유가 없다. 따라서 전능한 신이 악에 대한 책임을 진다. 아니면 우리들에게 자유가 있고 책임 또한 있으며 따라서 신은 전능하지 못한 경우다. 모든 학파의 정교한 기술도 칼날처럼 예리한 이 역설에 더 보태지도 빼지도 못했다.

그런 이유 때문에 나는 개인적 경험의 범위를 벗어나는 순간부터 내게서 달아나버리며 그 의미를 잃어버리는 개념에 대한 열광이나 그 단순한 정의에 골몰할 수 없다. 나는 어떤 탁월한 존재가 나에게 부여할 자유가 어떤 것일지 알 수 없다. 나는 계층에 대한 감각을 잃어버렸다. 나는 자유에 대해서 죄수의 개념이나 혹은 국가 내의 근대적 개인의 개념밖에 알지 못한다. 내가 알고 있는 유일한 것은 바로 정신과 행동의 자유이다. 그런데 부조리가 나의 영원한 자유에 대한 모든 기회를 전멸시킨다면, 오히려 그것은 나에게 행동의 자유를 돌려주며 증대시킨다. 이러한 미래와 희망의 박탈은 인간의 행동 가능성이 증가한다는 것을 뜻한다.

부조리와 마주치기 전에, 이전의 일상적인 인간은 목적, 미래 또는 정당화(누구에 관한 것인지 혹은 무엇에 관한 것인지는 문제가 되지 않는다)에 대한 우려와 더불어 살아간다. 그는 자기의 운수를 가늠해 보며, 먼 앞날에 대해, 은퇴 후 자기의 연금이나 자식들의 일에 기대를 건다. 그는 아직도 자기 삶에 무엇인가가 다가올 수 있음을 믿고 있다. 실제로, 모든 사실이 이 자유를 도맡아 부정하고 있음에도 그는 마치 자기가 자유롭기라도 한 것처럼 행동한다. 부조리를 만난 다음에는 모든 것이 흔들리게 된다. "나는 존재한다"는 이 관념, 마치 모든 것이 뜻이 있는 것처럼 행동하는 나의 태도(가끔 나도 그럴 경우에 아무것도 의미가 없다고 말할지라도), 이 모든 것은 가능한 죽음이라는 부조리성을 통해 현기증이 일어날 만큼 부정된다. 내일을 생각하는 것, 목적을 설정하고 애착을 갖는 것, 이 모든 것은 비록 자유를 느끼지 않는다고 때때로 단언한다고 할지라도 역시 자유에 대한 믿음을 예상하고 있다. 그러나 지금 이 우월한 자유, 하나의 진리를 세울 수 있는 유일한 이 존재(être)의 자유, 나는 이 자유가 존재하지 않는다는 것을 알고 있다. 죽음은 유일한 현실로서 거기에 있다. 죽음 후에는 이미 내기가 끝난 것이다. 나는 이제 영원히 살아갈 자유가 없을 뿐 아니라 노예이며, 특히 영원한 혁명의 희망도 없고 경멸에 호소할 수도 없는 노예이다. 그런데 혁명도 경멸도 없이 누가 노예로 머물러 있을 수 있겠는가? 전적인 의미에서, 영원의 확신 없이 어떤 자유가 존재할 수 있겠는가?

그러나 이와 동시에, 부조리한 인간은 지금까지 자신이 자유의 전제에 묶여 그 환상을 먹으며 살아왔다는 것을 깨닫는다. 어떤 의미에서 그것이 그에게는 속박이었다. 자기 인생에 대한 어떤 목적을 상상하면서, 그는 달성해야 할 목적의 요구에 따랐고 자유의 노예가 되었다. 그리하여 나는 내가 되려 하는 가족의 아버지(기술자나 대중의 지도자, 중앙 우체국의 수습 직원)로서밖에는 달리 행동할 수가 없다. 나는 나 자신이 다른 사람이 되는 것보다는 차라리 그런 사람이 되는 것을 선택할 수 있으리라 믿는다. 나는 무의식적으로 이렇게 믿고 있는데, 그것은 사실이다. 그러나 나는 그와 동시에 내 주변 사람들의 신념과 인간적 환경의 선입관(다른 사람들은 자유롭다는 것을 그토록 확신하고 있으며 이 흐뭇한 기분은 그토록 전염되기 쉽다)을 통해 나의 요구를 지탱해가고 있다. 도덕적인 혹은 사회적인 모든 선입관에서 아무리 멀리 떨어져 있더라도, 사람들은 얼마간 그 선입관을 받아들이며, 나아가서 그중 가장 좋은 것들에 대해서는(좋은 선입관도 있고 나쁜 선입관도 있다) 그들의 삶을 일치시키기까지 한다. 이렇게 해서 부조리한 인간은 그가 실제로 자유롭지 않았다는 것을 깨닫는다. 분명하게 말하자면, 나의 미래에 대해 희망하면서, 자신만의 진리와 존재 방식 또는 창조 방식에 관심을 기울인다. 결국 나의 삶을 규제하면서 내 삶에 의미가 있다고 인정하고 자신의 울타리를 만들어 그 속에 자기 삶을 가둔다. 나는 불쾌감만을 주며 다른 아무것도 하지 않는 정신과 마음의 수많은 관리(官吏)처럼 행동한다. 이제 내가 잘 알게 되었지만, 그들은 인간의 자유를 진지하게 받아들이고 있을 뿐이다.

　이 점에 대해서 부조리는 나에게 분명히 밝혀준다. 즉 내일은 없다는 것을. 여기에 나의 깊은 자유의 이유가 있다. 여기서 나는 두 가지 비교를 들어보고자 한다. 먼저 신비주의자들은 자신들에게 주어져야 할 자유를 발견한다. 그들의 신 안에 빠져들어가 신의 규율에 동의함으로써, 그들은 나름대로 은밀하게 자유로워진다. 그들은 자발적으로 동의한 노예 상태에서 절실한 독립을 되찾는다. 그러나 이런 자유에는 무슨 의미가 있는가? 그들은 그들 자신에 대해 자유로움을 느끼며, 특히 실제로 자유로워진 것이라기보다는 해방된 것이라고 우리는 말할 수 있다. 이와 마찬가지로, 전적인 죽음(여기서는 가장 명확한 부조리성으로 취급된)을 향해 있는 부조리한 인간은 자기 안에 결집된 이 열정적인 주의(主意) 이외의 모든 것에서 해방되었다고 느낀다. 그는 일상적인 규범에 대해서 자유를 맛본다. 우리는 여기서 실존철학의 출발점에 있는 주제들이 각각의 가치를 지니고 있다는 것을 본다. 의식으로의 복귀, 일상적인 잠 밖으로의 탈출은 부조리한 자유의 첫걸음이 된다. 그러나 조준점이 되는 것은 실존적 설교이며 이와 더불어 사실은 의식에서 빠져나가는 정신적 비약이다. 또한 마찬가지로(이것이 나의 두 번째 비교이다) 고대의 노예들은 자유롭지 못했다. 그러나 그들은 조금도 책임을 느끼지 않는 자유를 알고 있었다.* 죽음도 역시 그들을 억압하지만, 죽음은 그들을 해방시켜주기도 하는 특권 계급의 손 같은 것이다.

밑바닥이 없는 이 확실성 안에 빠져들어가는 것, 이제부터는 자기의 삶을 대할 때 사랑에 빠진 사람들 같은 근시안적 태도 없이 자기 삶을 성장시키고 편력하기에 충분할 만큼 스스로 이방이라고 느끼는 것, 여기에 해방의 원리가 있다. 이 새로운 독립은 모든 행동의 자유와 마찬가지로 기한이 정해져 있다. 이 독립은 무기한인 수표는 발행하지 않는다. 그러나 이 독립은 죽음 앞에서 모든 것이 멈춰버리는 **자유**라는 환상을 대체한다. 어느 이른 새벽에 자기 앞에서 열리는 감옥 문 앞에 선 사형수의 신적인 처분 가능성, 삶의 순수한 불꽃 이외의 모든 것에 대한 이 믿을 수 없는 무관심, 죽음과 부조리야말로 여기서는 이치에 맞는 유일한 자유의 원리, 즉 인간의 마음이 느끼고 경험할 수 있는 그러한 자유의 원리임을 우리는 분명히 느낀다. 여기까지가 두 번째 결론이다. 부조리한 인간은 이렇게 해서 불타면서 얼어붙어 있고, 투명하면서 한정된 우주, 아무것도 가능한 것이 없지만 모든 것이 주어진 세계, 그것들을 넘어서면 붕괴와 허무뿐인 세계를 엿보게 된다. 따라서 부조리한 인간은 이와 같은 우주 안에서 살 것을 받아들이고, 거기에서 그의 힘과 희망의 거부, 위안 없는 삶의 끈질긴 증언을 이끌어낼 결심을 할 수 있다.

---

* 여기서 문제가 되는 것은 사실의 비교이지 굴욕의 변명은 아니다. 부조리한 인간은 화해한 인간의 반대이다. (원주)

*

    그렇다면 이와 같은 우주 안에서 삶이란 무엇을 뜻하는가? 지금으로서는, 미래에 대한 무관심과 주어진 모든 것을 소모시키려는 열정 이외에 다른 것은 없다. 삶의 의미에 대한 확신은 항상 어떤 가치 체계와 선택, 우리의 기호를 가정하기 마련이다. 부조리에 대한 확신은 우리의 정의에 따르자면 그 반대를 가르쳐준다. 하지만 이 점에 대해서는 주의해서 살펴볼 필요가 있다.

    나의 관심사는 오로지 구원의 호소 없이 살 수 있는가를 알아보는 것뿐이다. 나는 이 영역에서 결코 벗어나고 싶지 않다. 나는 나에게 주어진 삶의 모습에 있는 그대로 순응할 수 있을까? 그런데 이 특수한 우려 앞에서 부조리에 대한 확신은 경험의 질(質)을 양(量)으로 바꾸어놓기 마련이다. 만약 내가 이 삶에 부조리한 모습 이외의 다른 모습이 없다는 것을 믿는다면, 그리고 만약 이 삶의 모든 균형이, 나의 의식적인 반항과 삶이 그 안에서 몸부림을 치는 어둠과의 영원한 대립에 의존한다는 것을 안다면, 또 만약 나의 자유가 그 한정된 운명과의 관계를 통해서만 의미가 있다는 것을 인정한다면, 그때 나는 가장 잘 사는 것이 아니라 가장 많이 사는 것이 중요하다고 말해야 할 것이다. 나는 그것이 저속한 것인지, 구역질 나는 것인지, 또는 우아한 것인지, 유감스러운 일인지를 구태여 생각할 필요가 없다. 이번에야말로 가치의 판단이 사실의 판단을 남기기 위해 버림받은 것이다. 나는 다만 내가 볼 수 있는 것에서부터 결론을 이끌어내고 가설은 어떤 것도 사용하지 않기만 하면 된다. 이렇듯 산다는 것이 정직하지 않다고 가정해서, 그때 참다운 정직성이 나에게 부정직하기를 명하게 된다.

가장 많이 사는 것, 넓은 의미에서 이러한 삶의 규칙은 아무것도 의미하지 않는다. 그러므로 좀 더 명확히 하지 않으면 안 된다. 사람들은 먼저 이 양의 개념을 충분히 파고들어가지 않은 것처럼 보인다. 왜냐하면 이 개념이 인간 경험의 넓은 부분을 설명할 수 있기 때문이다. 인간의 모럴과 그 가치의 척도는 인간에게 축적되도록 주어졌던 경험의 양과 다양성을 통해서만 의미가 있다. 그런데 현대 생활의 조건은 대다수 사람에게 같은 양의 경험을, 따라서 같은 깊이의 경험을 부과한다. 물론 개인의 자발적인 기여, 개인 안에 '주어진' 것 또한 고려하지 않으면 안 된다. 그러나 나는 이에 대해 판단할 수 없으며 다시 한번 말하자면, 나의 규칙은 여기서도 역시 직접적인 명증을 다루는 데 있다. 이때 나는 일반적인 모럴의 독자적인 성격은 그 성격에 생기를 불어넣어주는 여러 원칙의 관념적인 중요성에 있다기보다는 오히려 측정할 수 있는 경험의 규범 속에 있다는 것을 알 수 있다. 다소 무리하게 말하자면, 그리스 사람들은 우리가 여덟 시간 노동의 모럴을 가지고 있는 바와 마찬가지로 여가의 모럴이 있었다. 그러나 이미 많은 사람은, 그리고 가장 비극적인 사람들은, 더욱 긴 경험이 가치의 체계를 변경시킨다는 것을 우리에게 예감하게 한다. 그들은 단순히 경험의 양을 통해 모든 기록을 깨뜨리고(나는 고의로 스포츠 용어를 사용한다) 자신의 모럴을 획득하는 일상생활의 모험가를 우리에게 상상하게 한다.* 그러나 낭만주의에서 벗어나자. 그리하여 자신이 참가한 내기를 포기하지 않고, 이 내기의 규칙이라 믿는 것을 엄격히 지키고자 결심한 인간에게 이러한 태도가 무엇을 뜻하는 것인가를 생각해보기로 하자.

모든 기록을 깨뜨린다는 것, 이것은 무엇보다도 먼저 그리고 오직, 가능한 한 자주 세계와 직면하게 된다는 뜻이다. 모순 없이, 그리고 말의 장난이 아니고서는 어떻게 이것이 행해질 수 있겠는가? 왜냐하면 부조리는 한편으로는 모든 경험에 차별이 없다는 것을 가르쳐주며, 또 다른 한편으로는 가장 많은 양의 경험으로 밀어 넣기 때문이다. 그렇다면 왜 내가 위에서 언급한 바 있는 많은 사람처럼 행동하고, 인간적인 소재(素材)를 가능한 한 많이 우리에게 가져다주는 삶의 형태를 선택하며 그렇게 해서 한편으로는 포기한다고 주장하는 가치의 체계를 끌어들이지 않을 수 있겠는가?

그러나 우리를 일깨우는 것은 역시 부조리이며 그 모순된 삶이다. 왜냐하면 이 경험의 양이 전적으로 우리에게 달려 있음에도 우리 삶의 상황에 달려 있다고 생각하는 데 잘못이 있기 때문이다. 여기에서는 단순하게 생각해야 한다. 같은 햇수를 사는 두 사람에게 세상은 언제나 같은 양의 경험을 제공한다. 이를 의식해야 하는 것

---

* 때때로 양이 질을 이룬다. 과학 이론의 최근 학설에 따르면 모든 물질은 에너지의 핵으로 구성되어 있다. 이 핵의 많고 적은 양이 각기 다른 특성을 만든다. 10억 개의 이온과 한 개의 이온은 양에서 다를 뿐 아니라 질에서도 다르다. 이러한 유추를 인간의 경험 속에서 찾아내기는 쉽다. (원주)

은 우리 자신이다. 자기 삶과 반항 그리고 자유를 느낀다는 것, 그리하여 최대한으로 많이 느낀다는 것, 이것이 사는 것이며 또한 최대한으로 사는 것이다. 명석함이 지배하는 곳에서 가치의 체계는 쓸데없는 것이 된다. 좀 더 단순하게 생각해보자. 유일한 장애물, 유일하게 '놓쳐버린 이익'은 너무 이른 죽음으로 이루어진다고 말해두자.* 여기에 암시된 우주는 죽음이라는 끊임없는 예외와의 대립을 통해서만 살고 있다. 그러므로 어떠한 깊이, 어떠한 감동, 어떠한 열정, 어떠한 희생도 부조리한 인간의 눈에는(설령 그가 그것을 바란다고 할지라도) 40년의 의식적 삶과 60년에 걸쳐 펼쳐진 명석함을 똑같은 것으로 보이게 할 수는 없을 것이다.** 광기와 죽음은 다시 어떻게 해볼 수 없는 것들이다. 인간은 선택하지 않는다. 부조리와 부조리가 용인하는 삶의 확장은 **그러므로 인간의 의지에 의존하는 것이 아니라** 그와는 반대되는 죽음에 의존하고 있다.*** 이러한 말들을 잘 헤아려볼 때, 다만 문제가 되는 것은 운수의 문제뿐이다. 이 점에 동조할 줄 알아야 한다. 20년의 삶과 경험은 결코 다른 것으로 메워질

---

* 허무와 같은 지극히 다른 개념에 대해서도 같은 고찰을 할 수 있다. 개념은 현실에 대해 아무것도 가감하지 않는다. 허무의 심리학적 경험에서 우리 자신의 허무가 참으로 그 의미를 갖게 되는 것은 2,000년 후에 일어날 일을 생각할 때다. 어떤 면에서 허무는 바로 우리 삶이 아닌 미래의 삶의 총화로 이루어져 있다. (옮긴이 주)

** 1960년 1월 4일 월요일 오후 1시 55분. 상스에서 파리로 가는 국도 위에서 자동차의 '끔찍한 소리'와 함께 46세를 일기로 사라진 카뮈 자신의 죽음을 여기서 생각해보자. (옮긴이 주)

*** 여기서 의지는 하나의 동인(動因)에 지나지 않는다. 다시 말하면 의지는 의식을 유지하려고 한다. 의지는 삶의 규제를 도모하는데, 이것은 찬양할 만하다. (원주)

수 없을 것이다.

  그토록 빈틈없는 민족으로서는 기묘한 모순이지만 그리스 사람들은 젊어서 죽은 사람들이 신의 사랑을 받은 것이라고 생각했다. 그러나 여러 신들의 보잘것없는 세계 속으로 들어가는 것은 곧 살아서 느낀다는 기쁨, 그것도 이 땅 위에서 느낀다는 가장 순수한 기쁨을 영원히 잃어버리게 되는 것이라는 사실을 인정할 때, 비로소 그런 생각이 옳다고 할 수 있다. 끊임없이 의식적인 영혼 앞에서 현재와 현재의 연속, 이것이 부조리한 인간의 이상이다. 그러나 여기 이상이라는 말에는 오해의 소지가 있다. 이상은 부조리한 인간의 사명도 아니고, 다만 그 논증의 세 번째 결론일 뿐이다. 비인간적인 것에 대해 괴로워하는 의식에서 비롯된 부조리에 대한 고찰은 인간적 반항이라는 열정적인 불꽃의 품 안에서 그 여정의 끝, 종착지에 이른다.*

---

* 중요한 것은 일관성이다. 여기서 사람들은 세계에 대한 동의에서 출발한다. 그러나 동양 사상은 세계에 대항하여 선택하면서도 똑같은 논리적 노력에 전념할 수 있음을 가르쳐준다. 이것도 역시 정당한 것이며 이 시론에 전망과 한계를 부여한다. 그러나 세계의 부정이 엄격성으로 이루어질 때 사람은 때때로(베다 철학의 어느 학파에서) 예를 들면 작품에 대한 무관심에 관한 문제에서 비슷한 결과에 이르는 일이 있다. 매우 중요한 저서 중의 하나인《선택(Le Choix)》에서 장 그르니에는 이러한 방식으로 참다운 "무관심의 철학"의 바탕을 세우고 있다. (원주)

*

　이리하여 나는 부조리에서 나의 반항, 나의 자유, 나의 열정이라
는 세 개의 결론을 이끌어낸다. 오로지 의식의 활동을 통해서 나는
죽음으로의 초대를 삶의 규칙으로 바꿔놓는다. 그리하여 나는 자살
을 거부한다. 나는 둔탁한 울림이 살아가는 날마다 끊이지 않고 따
라다닌다는 것을 알고 있다. 그러나 내가 할 수 있는 말은 단 하나뿐
이다. 이 울림은 필연적이라는 것이다. 니체가 "하늘에서 그리고 땅
위에서 중요한 일은 오랫동안 같은 방향으로 **복종**하는 것처럼 보인
다. 마침내는 거기에서 예를 들면, 덕, 예술, 음악, 무용, 이성, 정신
과 같은 이 땅 위에서 살 가치가 있게 하는 것, 변화를 불러오는 것,
세련되거나 광적인 혹은 신적인 어떤 것이 생겨난다"라고 쓸 때, 그
는 위대한 태도를 지닌 모럴의 규칙을 보여준 것이다. 그러나 그는
또한 부조리한 인간의 길도 보여준다. 불꽃에 복종하는 것은 가장
쉬운 일이기도 하고 가장 어려운 일이기도 하다. 그렇지만 인간이
가끔 난점(難點)과 겨루어봄으로써 스스로를 판단한다는 것은 좋
은 일이다. 인간은 그렇게 할 수 있는 유일한 존재이다. 알랭은 말한
다. "기도는 사고(思考) 위에 밤이 찾아오는 때다." 그러나 신비주의
자들과 실존주의자들은 "정신은 밤을 만나야만 한다"라고 대답한
다. 물론 그렇다. 그러나 감긴 눈 아래, 인간의 의지만으로 태어나는
밤, 정신이 거기에 잠겨 들어가기 위해 만들어내는 어둡고 닫힌 밤
은 아니다. 만약 밤을 만나야 한다면 그것은 차라리 명석함을 그대

로 유지하는 절망의 밤, 북극의 밤, 정신이 깨어 있는 밤, 아마 지성의 빛 속에서 각각의 물체를 그려내는 저 희고도 티 없는 광명이 솟아오를 밤이어야 한다. 이만한 정도에서 등가성은 열정적인 이해와 만난다. 그리하여 실존적 비약을 비판하는 것 따위는 별문제가 되지 않는다. 이 비약은 인간 태도의 수백 년 묵은 벽화 한가운데서 자기 자리를 되찾는다. 그림을 보는 관람자에게는 만약 그가 의식적이라면 이 비약 역시 부조리다. 비약이 역설을 해결한다고 믿는다는 점에서 비약은 전적으로 역설을 되살린다. 이러한 이유로, 비약은 감동적이다. 그렇게 모든 것은 자기 자리를 되찾고, 부조리한 세계는 그 휘황함과 다양성 속에서 다시 태어난다.

그러나 가던 길을 멈추는 것은 좋지 않다. 유일한 관찰 방법에 만족한 채 아마도 모든 정신적인 힘 가운데서 가장 기묘한 힘인 모순을 포기하고 산다는 것은 어려운 일이다. 지금까지 서술한 것은 다만 하나의 사고방식만을 정의한 것이다. 이제는 실제로 살아가는 것이 문제다.

부조리한 인간

만약 스타브로긴이 믿는다면,

그는 자기가 믿는다는 것을 믿지 않는다.

만약 그가 믿지 않는다면,

그는 자기가 믿지 않는다는 것을 믿지 않는다.

– 표도르 도스토옙스키, 《악령》에서

"나의 영역은 시간이다"라고 괴테는 말했다. 이것이야말로 부조리한 말이다. 과연 부조리한 인간이란 무엇인가? 영원을 부정하지는 않지만, 영원을 위해 아무것도 하지 않는 사람. 그에게 향수가 낯설어서는 아니다. 그러나 그는 자기의 용기와 논증을 더 좋아한다. 용기는 구원의 호소 없이 사는 것, 그가 가지고 있는 것으로 자족하는 법을 가르쳐주며, 이성은 그에게 그의 한계를 가르쳐준다. 기한이 있는 자유, 미래 없는 반항 그리고 소멸하고야 말 의식을 확신하면서, 그는 자기 삶에 주어진 시간 속에서 모험을 추구한다. 거기에 그의 영역이 있고, 거기에 그의 행동이 있다. 그의 행동은 자신의 판단 이외의 모든 판단에서 벗어나게 한다. 더욱더 큰 삶이란 그에게 저세상의 다른 삶을 뜻할 수는 없다. 만약 그런 삶을 기대한다면 염

치없는 불성실이다. 나는 여기서 후손이라는 터무니없는 영원에 관해서 말하는 것도 아니다. 롤랑 부인*은 후손에게 자신을 위탁했다. 이러한 무모함은 징계를 받았다. 후손은 즐겨 이 말을 인용하지만 판단하는 것을 잊고 있다. 롤랑 부인은 후손에 대해 무관심했다.

도덕을 논하자는 것이 아니다. 나는 많은 모럴을 가지고서도 나쁜 행동을 하는 사람들을 보았다. 또한 성실성에는 규칙이 필요하지 않다는 것을 나는 매일 확인한다. 부조리한 인간이 인정할 수 있는 도덕은 단 하나밖에 없다. 그것은 신에게서 분리되지 않는 도덕, 즉 스스로 부과하는 도덕이다. 그러나 그는 바로 이 신 밖에서 살고 있다. 다른 도덕(배덕주의도 포함한다)에 대해서 부조리한 인간은 그 속에서 자기변명밖에는 보지 못하며 그에게는 변명할 것이 아무것도 없다. 여기서 나는 그의 무죄 원리에서부터 출발한다.

이 무죄는 두려운 것이다. "모든 것이 허용된다"라고 이반 카라마조프는 외친다. 이 말에서도 역시 그의 부조리가 느껴진다. 그러나 이 말을 통속적으로 해석하지 않는다는 조건하에서 말이다. 사람들이 이 점을 제대로 주의했는지 나는 모른다. 즉 그의 말은 해방과 기쁨의 외침이 아니라 쓰디쓴 확인이라는 뜻이다. 삶에 의미를 부여해줄 신이 있다는 확신은 벌을 받지 않고 악을 행할 수 있는 힘보다 훨씬 더 매혹적이다. 그러므로 선택은 어렵지 않을 것이다. 그러

---

* 파리의 살롱으로 유명했던 공화파의 한 사람으로 정치사상에 많은 영향을 끼쳤으나 과격파의 미움을 받아 교수형에 처해졌다. (옮긴이 주)

나 선택의 여지는 없으며 이때 쓰라린 고통이 시작된다. 부조리는 해방되는 것이 아니라 결박한다. 부조리는 모든 행동을 용납하지는 않는다. 모든 것이 허용된다는 것은 아무것도 금지된 것이 없다는 것을 뜻하지는 않는다. 부조리는 다만 이러한 행동의 결과에 그들의 등가성을 부여할 뿐이다. 부조리는 범죄를 권하지 않는다. 만약 그렇게 한다면 유치한 일이 될 것이다. 다만 부조리는 후회에 그것의 무용성을 되돌려준다. 이와 마찬가지로 만약 모든 경험에 차이가 없다면, 의무의 경험도 다른 경험 못지않게 정당하다. 사람은 어쩌다가 기분에 따라서 덕망 있는 사람이 될 수도 있다.

모든 도덕은, 어떤 행동이 자신을 정당화하거나 마멸시키는 결과들이 뒤따르는 관념 위에 근거를 둔다. 부조리에 투철한 정신은 다만 이와 같은 결과들이 침착하게 고찰되어야 한다고 판단한다. 그는 값을 지불할 준비가 되어 있다. 달리 말해서, 그에게는 책임지는 사람은 있을 수 있어도, 죄인은 있을 수 없다. 기껏해야 그는 미래의 행동을 위한 터전을 닦으려고 과거의 경험을 이용하는 데 동의하는 것이 고작이다. 시간은 또 다른 시간을 살리며 삶은 또 다른 삶에 봉사할 것이다. 가능성에 제한이 있는 동시에 가득 차 있는 이 영역 안에서 그의 명석함을 제외한 그 자신에게 있는 모든 것은 그로서는 예견할 수 없는 것처럼 보인다. 그렇다면 이 비이성적인 질서에서 대체 어떤 규칙이 생겨날 수 있는가? 그에게 교훈적인 것으로 보일 수 있는 유일한 진리는 결코 형식적인 것이 아니다. 그 진리는 생기를 띠고 사람들 가운데서 전개된다. 그러므로 부조리한 정신이 그의 논증 끝에서 찾을 수 있는 것은 결코 윤리적인 규칙이 아니라 인간 삶의 조명이며 숨결이다. 앞으로 보게 될 몇 개의 이미지들은 그러한 것들이다. 그 이미지들은 부조리의 논증을 추구하면서 부조리한 정신의 자세와 정열을 부여하게 될 것이다.

하나의 예를 든다고 해서 반드시 추종해야 할 예가 아니라는 것 (하물며 부조리한 세계에서는 더욱 그렇다), 그리고 이와 같은 사례들은 반드시 모범적이지도 않다는 점을 굳이 말할 필요가 있을까? 루소에게서 네 발로 걸어 다녀야 한다는 결론을 이끌어낸다든가, 혹은 니체에게서 자기 어머니를 학대하는 것이 마땅하다는 결론을 도출해내려면, 타고나야 하는 것뿐 아니라 차이를 고려하더라도 우스꽝스러운 일이 될 것이다. "부조리해져야 한다. 속아 넘어가서는 안 된다"라고 어느 현대 작가는 쓰고 있다. 앞으로 중요하게 다룰 태도들은 그와 반대되는 태도들을 고려할 때 비로소 온전한 의미를 지니게 될 것이다. 만약 의식이 그들에게 공통된 것이라면 우체국의 수습 직원도 정복자와 다를 것이 없다. 이러한 점에서 모든 경험은 차이가 없다. 인간에게 도움을 주거나 혹은 주지 않는 경험도 있다. 인간이 의식적일 때 그 경험은 유익한 것이 된다. 그렇지 않다면 경험은 전혀 중요하지 않다. 즉 인간이 실패할 때는 그 상황을 판단하는 것이 아니라 인간 자신을 판단해야 한다.

내가 선택하는 인간은 다만 자기 삶을 탕진하려는 사람들, 혹은 남김없이 탕진되고 있다고 생각되는 사람들이다. 그 이상으로 나아가지 않는다. 지금으로서는 사고가 삶과 마찬가지로 미래를 빼앗긴 세계에 대해서만 나는 말하고 싶을 뿐이다. 인간을 활동하게 하고 동요하게 하는 모든 일은 희망을 이용한다. 그러므로 허위가 아닌 유일한 사고는 아무런 결실을 요구하지 않는 불모(不毛)의 사고이다. 부조리한 세계에서 어떤 개념 또는 어떤 삶의 가치는 그 삶이 지닌 불모성에 따라 측정된다.

돈 후안주의

사랑하는 것만으로 충분하다면, 만사는 너무나도 단순할 것이다. 사랑하면 사랑할수록 부조리는 더욱더 견고해진다. 돈 후안이 이 여자에서 저 여자로 전전하는 것은 결코 애정결핍 때문이 아니다. 그를 완전한 사랑을 추구하고 있는 환상가로 생각하는 것은 우스꽝스러운 일이다. 그러나 그가 이 천품과 심화(深化)를 반복해야만 하는 것은 바로 똑같은 열정과 매번 자신의 모든 것을 가지고 그녀들을 사랑하기 때문이다. 이 때문에 그녀들은 아무도 그에게 준 적이 없는 것을 주고자 한다. 그때마다 그녀들은 깊은 착각에 빠지며 다만 그에게 이와 같은 반복의 필요성을 느끼게 할 뿐이다. 그녀들 가운데 한 여자가 이렇게 외친다. "마침내 내가 당신에게 사랑을 주었습니다"라고. 돈 후안이 이 말을 비웃는 데 대해 사람들은 놀라지 않으리라. "마침내라고? 천만에, 다시 한번 더란 말이지"라고 그는 말한다. 많이 사랑하기 위해서는 왜 드물게 사랑해야만 한다는 것일까?

*

돈 후안은 슬픈 것일까? 그럴 것 같지는 않다. 나는 전기(傳記) 따위에는 거의 의존하지 않을 것이다. 그 웃음, 의기양양한 오만함, 그 약동과 연극 취미, 이러한 것들은 밝고 기쁨에 넘쳐 있다. 건전한 모든 존재는 일인 다역을 하고자 한다. 돈 후안도 마찬가지다. 게다가 슬픈 사람들은 슬퍼할 두 가지 이유를 가지고 있다. 그들은 모르거나 희망을 품는다. 돈 후안은 알고 있으며 아무런 희망도 갖지 않는다. 돈 후안은 스스로의 한계를 알며 결코 그 한계를 넘지 않는 예술가들, 그리하여 그들의 정신이 자리 잡은 이 덧없는 시한 속에서 대가들의 놀라운 자유자재함을 지닌 예술가들을 생각하게 한다. 이것이야말로 곧 천재, 즉 자신의 경계를 아는 지성이다. 육체적 죽음의 경계에 이르기까지 돈 후안은 슬픔을 모른다. 그가 아는 순간부터 그의 웃음은 터져 나오며 모든 것을 용서하게 한다. 희망을 품고 있을 때 그는 슬펐다. 오늘 이 여자의 입술 위에서 그는 유일한 지식의 쓰디쓴, 활기에 찬 맛을 되찾는다. 쓰디쓴 맛? 거의 쓴맛도 아니다. 이 필연적인 불완전한 행복을 느끼게 한다!

돈 후안이 〈전도서〉에서 자양분을 얻어 길러진 인간이라고 해석하는 것은 커다란 기만이다. 왜냐하면 그에게는 저승의 삶에 대한 희망을 제외하면 공허한 것이라고는 아무것도 없기 때문이다. 그는 하늘 자체에 대항하여 내기를 걸어 그것을 증명한다. 향락 속에서 잃어버린 욕망에 대한 후회, 흔해 빠진 무력함은 그에게 해당하지 않는다. 그것은 자신을 악마에게 팔아먹을 만큼 신을 믿었던 파우스트에게나 어울리는 것이다. 돈 후안에게 문제는 더 단순하다. 몰리나의《색마(*Burlador*)》는 지옥의 협박에 대해 언제나 "왜 그렇게 긴 여유를 내게 주는 것이오!"라고 대답한다. 죽음 후에 오는 것은 쓸데없는 것이며 살아갈 줄 아는 사람에게는 얼마나 긴 날들의 연속인가! 파우스트는 이 세상의 행복을 요구했다. 다시 말해서 이 불행한 사람은 손을 내밀기만 하면 되는 것이었다. 자신의 영혼을 기쁘게 할 줄 모른다는 것은 이미 그 영혼을 팔아버린 것과 다름없다. 돈 후안은 이와 반대로 넘치도록 가득한 만족을 명한다. 그가 한 여자를 떠나는 것은 더는 그 여자를 바라지 않기 때문에 그런 것은 절대로 아니다. 그에게 아름다운 여자는 항상 탐나는 대상이다. 그러나 그가 다른 여자를 바라기 때문이며, 이 두 가지 이유는 결코 똑같지 않다.

이러한 삶은 그에게 흡족하다. 그 삶을 잃어버리는 것보다 그에게 더 나쁜 것은 없다. 이 미치광이는 위대한 현인이다. 그러나 희망을 품고 사는 사람들은 선의가 관용에, 온정이 남자다운 침묵에, 신앙적 공동체가 고독한 용기에 자리를 양보하는 이 세계에 별로 만족하지 않는다. 그리하여 모든 사람은 "그는 약한 자, 이상주의자 또는 성자였다"라고 말한다. 멸시하는 위대함을 잘 참아내야만 한다.

*

사람들은 돈 후안의 말에 대해서, 그리고 모든 여자에게 사용되는 똑같은 구절에 대해서 몹시 분개한다(혹은 그가 칭찬하는 것을 깎아내리는 공범자의 웃음을 짓는다). 그러나 기쁨의 양을 찾는 사람에게는 유효성들을 복잡하게 한들 무슨 소용이 있겠는가? 여자이건 남자이건 아무도 그런 말을 듣지 않으며, 차라리 말하는 목소리에 귀를 기울인다. 이 말들은 규칙이고 관례이며 예의다. 사람들은 그런 말을 하지만, 그 이후에 해야 할 가장 중요한 것이 남아 있다.

돈 후안은 벌써 그 준비를 갖추고 있다. 무엇 때문에 그는 모럴의 문제를 자신에게 스스로 제기하겠는가? 그가 지옥에 떨어지는 것은 밀로즈의 마냐라처럼 성인이 되고 싶은 욕망 때문이 아니다. 그에게 지옥은 사람들이 만들어낸 것과 다름없다. 신의 노여움에 대해서 그는 단 하나의 대답을 가지고 있을 뿐이고, 그것은 인간의 명예이다. "나에게는 명예가 있다. 나는 기사(騎士)이므로 약속을 지킨다"라고 그는 기사장에게 말한다. 그러나 그를 배덕자로 만드는 것 또한 커다란 잘못일 것이다. 이 점에서 그는 "모든 사람과 같다". 다시 말하면 그는 공감이나 반감의 모럴을 가지고 있다. 돈 후안은 그가 통속적으로 상징하고 있는 것, 즉 흔해 빠진 유혹자이며 색마라는 점을 항상 참작하지 않으면 제대로 이해되지 않을 것이다. 그는 흔한 유혹자다.* 차이가 있다면, 그가 의식적이라는 점이며, 이로써 그는 부조리하다. 명석한 의식을 지니게 된 유혹자는 그렇게 되었다고 해서 달라지지는 않는다. 유혹하는 것이 그의 직분이다. 직분이 바뀌거나 더 좋은 사람이 되는 것은 소설 속에서뿐이다. 그러나 아무것도 변하지 않았으며 동시에 모든 것이 변형되었다고 말할 수 있다. 돈 후안이 실천하려는 것은 질(質)을 지향하는 성자와는 반대로 양(量)의 윤리학이다. 사물의 깊은 의미를 믿지 않는 것, 이것이 부조리한 인간의 속성이다. 그는 정열에 불타는 또는 놀라움에 떠는 이 얼굴들을 편력하며 거두어들이고 불태워버린다. 시간은 그와 더불어 흘러간다. 부조리한 인간은 시간에서 분리되지 않는 인간이다. 돈 후안은 여자들을 "수집"할 생각은 없다. 그는 여자의 숫자를 줄여가며 그녀들과 함께 그의 삶의 기회들을 소모한다. 수집한다는 것은 자신의 과거를 양분 삼아 살아갈 수 있다는 뜻이다. 그러나 그는 희망의 또 다른 형태인 후회를 거부한다. 그는 여러 초상화를 감상할 줄 모른다.

*

그렇다면 그는 이기주의자일까? 아마 그 나름대로는 그럴 것이

---

* 전적인 의미에서, 그리고 그의 결함을 포함한 의미에서 건전한 태도는 결함 또한 포함하고 있다. (원주)

다. 그러나 여기서도 잘 이해하는 것이 중요하다. 살기 위해 태어난 사람들이 있고 사랑하기 위해 태어난 사람들이 있다. 적어도 돈 후안은 기꺼이 그렇게 말할 것이다. 그러나 그것은 그가 선택할 수 있는 암시적인 말일 것이다. 왜냐하면 여기서 말하고 있는 사랑은 영원히 환상으로 장식되어 있기 때문이다. 열정적인 사랑의 전문가들은 모두 방해를 받는 사랑 외에는 영원한 사랑이 없다는 것을 우리에게 가르쳐준다. 싸움 없는 열정은 없다. 이와 같은 사랑은 죽음이라는 최종적인 모순 속에서만 종말을 찾는다. 베르테르가 되거나 아무것도 아니거나 그 어느 편이 되어야 한다. 여기서도 역시 여러 가지 자살 방법이 있는데, 그 가운데 하나는 자기 자신의 전적인 헌신이며 망각이다. 돈 후안도 다른 삶과 마찬가지로 이것이 감동적인 삶이 될 수 있다는 것을 안다. 그러나 그는 거기에 중요성이 있지 않다는 것을 아는 소수의 사람들 가운데 하나이다. 그는 또한 위대한 사랑으로 자신의 전 인생을 등진 사람들이 풍성해질지는 모르지만 그들의 사랑이 선택한 당사자들을 확실히 가난하게 할 것임을 잘 알고 있다. 어머니나 열정적인 여자는 필연적으로 메마른 마음을 가지고 있다. 왜냐하면 그 마음은 세상을 등지고 있기 때문이다. 단 하나의 감정, 단 하나의 존재, 단 하나의 얼굴 그러나 모든 것이 고갈되어버린 것이다. 돈 후안을 움직이는 것은 또 하나의 다른 사랑, 그것은 해방하는 사랑이다. 그는 이 세상의 모든 얼굴을 가지고 다니며, 그의 전율은 자신이 곧 멸망할 것임을 깨닫는 데서 온다. 돈 후안은 아무것도 아니기를 스스로 선택했다.

그에게는 명확하게 본다는 것이 중요하다. 우리는 우리를 어떤 존재에다 결부시키는 것을 사랑이라고 부르지만 그것은 단지 집단적인 견해를 참고함으로써 그렇게 할 뿐이며, 이러한 견제는 책이나 전설에 책임이 있다. 그러나 나는 사랑에 대해서 나를 어떤 존재에 결부시키는 욕망, 애정, 지상의 혼합을 알고 있을 뿐이다. 이 복합성은 다른 사람에게도 똑같은 것은 아니다. 나는 이 모든 경험을 똑같은 명칭으로 덮어버릴 권리를 갖고 있지 않다. 이 말은 경험들을 몸짓으로 취급하지 않아도 된다는 뜻이다. 부조리한 인간은 여기서도 또한 통일할 수 없는 것을 다양화한다. 이리하여 그는 적어도 그에게 다가오는 사람들을 해방시키는 만큼 스스로를 해방하는 새로운 존재 방식을 발견한다. 일시적이며 동시에 독자적인 것임을 아는 사랑 외에 고결한 사랑은 없다. 돈 후안에게 그의 삶의 총체를 이루는 것은 이 모든 죽음과 부활이다. 이것이 그가 부여하고 살아가게 하는 방법이다. 이것을 두고 이기주의라고 부를 수 있는지는 각자의 판단에 맡기기로 한다.

*

나는 여기서 돈 후안이 기필코 벌을 받아야 한다고 주장하는 사람들에 대해 생각한다. 비단 저세상에서뿐만 아니라 이 세상에서도 그렇다. 나는 늙은 돈 후안에 대한 그 많은 이야기와 전설, 그리고 비웃음을 생각한다. 그러나 돈 후안은 벌써 각오하고 있다. 의식적인 인간에게 노년과 그 노년이 예고하는 것은 뜻밖의 일이 아니다. 그는 이 점에 대한 두려움을 자신에게 숨기지 않는 데서만 의식적이다. 아테네에는 노인들에게 바친 사원이 있었다. 사람들은 거기에 아이들을 데리고 갔다. 돈 후안에게 사람들이 그를 비웃으면 비웃을수록 그의 얼굴은 더욱더 뚜렷이 드러난다. 그렇게 해서 그는 낭만주의자들이 그에게 덮어씌운 모습을 거부하는 것이다. 괴로움에 시달린, 가련한 이 돈 후안을 비웃고자 하는 사람은 아무도 없다. 사람들은 그를 동정하며, 하늘 자체까지도 그를 구출하려는 것이 아닌가? 그러나 그렇지는 않다. 돈 후안이 예상하는 세계 안에는 우스꽝스러운 것 **역시** 포함되어 있다. 그는 벌받는 것을 당연하다고 생각한다. 이것이 내기의 규칙이다. 그러나 내기의 모든 규칙을 받아들였다는 점이 바로 그의 고결함이다. 그러나 그는 자기가 옳다는 것, 벌은 문제가 될 수 없다는 것을 안다. 하나의 운명은 벌이 아니다.

이것이 그가 저지른 죄이며, 영원을 향한 사람들이 그에 대해서 벌을 요구하는 것을 우리는 이렇게 깨닫는다. 그는 그들이 주장하는 모든 것을 부정하는 환상 없는 지식에 도달한다. 사랑하고 소유하는 것, 정복하고 소모하는 것, 이것이 그의 인식하는 방법이다(사랑의 행위를 '인식한다(connaître)'라고 부르는 성경에서 애용되는 말 속에는 깊은 의미가 있다). 그는 그들을 알지 못함에 따라 그들의 최악의 적이 된다. 어느 전기 작가는 진정한 "색마"는 "그 출생 때문에 벌받지 않도록 보장되어 있는 돈 후안의 방탕과 부도덕을 끝장내고자 한" 프란체스코회 수도사들에게 암살당했다고 기록하고 있다. 이어서 그들은 하늘이 벼락을 쳐서 그를 죽였다고 선언했다. 이 야릇한 최후를 입증한 사람은 아무도 없다. 그 반대를 증명한 사람 역시 하나도 없다. 그러나 이 결말이 진실인지 아닌지는 고사하고라도, 나는 이것이 논리적이라고 말할 수 있다. 여기서는 다만 '출생 (naissance)'이라는 말을 붙들어 말장난을 해보고자 한다. 즉 산다는 것, 이것이 그에게 죄가 없음을 보증한다. 지금은 전설이 된 자신의 유죄성을 그는 오직 죽음에서 이끌어냈다.

저 돌의 기사, 감히 생각해보았던 피와 용기를 벌하기 위해 움직이려는 차가운 동상은 그 외에 다른 무엇을 뜻하는 것인가? 영원한 **이성**, 질서, 보편적 모럴의 모든 권능, 노여워하기 잘하는 신의 기이한 모든 위대함이 그 자신 속에 요약되어 있다. 저 거대하고 영혼이 없는 돌은 영원히 돈 후안이 부정(否定)한 권능을 상징하고 있을 뿐이다. 그러나 기사의 사명은 그것으로 끝난다. 사람들이 불러 내린 벼락과 천둥은 인공적인 하늘로 다시 돌아갈 수 있다. 참다운 비극은 이런 것들 밖에서 연출된다. 아니다, 돈 후안은 돌덩어리의 손에 죽임을 당한 것이 아니다. 오히려 나는 전설적인 허세를, 존재하지 않는 신에 도전하는 건전한 인간의 기괴한 웃음을 기꺼이 믿는다. 그러나 특히 돈 후안이 안나의 집에서 기다리고 있던 그 밤에 기사가 오지 않았다는 것을, 이 패륜아가 자정이 지나자 자기 생각이 옳았다고 믿는 사람들의 끔찍스러운 괴로움을 느꼈으리라는 것을 나는 믿는다. 더욱이 나는 그가 최후에 수도원에 파묻혔다는 전기를 기꺼이 받아들인다. 이 이야기의 교훈적인 측면이 사실로 여겨질 수 있다는 말은 아니다. 그가 어떤 은신처를 신에게 청하러 갈 수 있겠는가? 이 은둔은 오히려 전적으로 부조리에 침투된 삶의 논리적 귀결이며, 내일 없는 기쁨을 향한 존재의 거친 결말이다.

여기서 향락은 금욕으로 끝난다. 이 향락과 금욕은 똑같은 궁핍의 두 얼굴이 될 수 있다는 것을 우리는 이해해야 한다. 육체에 버림받고, 제때에 죽지 못했기 때문에 사랑하지도 않는 신과 얼굴을 마주 대고, 삶에 봉사해온 것처럼 신에 봉사하며, 공허 앞에 무릎을 꿇고, 깊이마저 없다고 알고 있는 무언의 하늘을 향해 손을 벌리며 종말을 기다리는 가운데 희극을 끝까지 연출하는 인간의 모습, 이보다 더 소름 끼치는 모습을 생각할 수 있겠는가.

나는 언덕 위 외딴 스페인 수도원의 어느 독방에 있는 돈 후안을 본다. 그리고 만약 그가 무엇인가 바라보고 있다면, 그것은 사라져 가버린 사랑의 환영(幻影)이 아니라, 아마도 불타오르는 총안(銃眼)을 통해 스페인의 어떤 고요한 평원, 그가 자기 자신을 재발견하는 장엄하며 영혼이 없는 대지일 것이다. 그렇다, 이 우울하고 눈부신 영상에서 멈춰야 한다. 최후의 종말, 기다리기는 하지만 결코 바라는 것은 아닌 최후의 종말은 경멸할 만한 것이다.

연극

"무대, 이것이야말로 내가 왕의 의식을 포착하는 함정이다"라고 햄릿은 말한다. 포착한다는 것은 적절한 말이다. 왜냐하면 의식은 재빨리 지나가거나 움츠러들기 때문이다. 의식은 공중을 날 때 순간적인 시선을 자신 위에 던지는 것과 같은 거의 알아차릴 수 없는 찰나에 붙잡아야 한다. 일상적 인간은 머뭇거리는 것을 좋아하지 않는다. 반대로 모든 것이 그를 재촉한다. 그러나 그와 동시에 자기 자신보다 더 관심을 끄는 것은 아무것도 없으며, 특히 그가 무엇이 될 것인가에 대해서 관심을 기울인다. 그 때문에 연극에 대한, 무대에 대한 취미가 생겨난다. 거기에 많은 운명들이 제시되어 있고, 그는 운명의 괴로움을 고통스러워하지도 않은 채 그 시(詩)를 받아들인다. 적어도 거기에서 무의식적인 인간이 재확인되며 그는 무엇인지 모를 희망을 향해 계속 서둘러댄다. 부조리한 인간은 희망이 끝나는 곳, 연기를 감상하는 것을 멈추고, 그 안으로 들어가려고 하는 곳에서부터 시작된다. 이 모든 삶 안으로 들어가는 것, 그들의 다양성 가운데서 이 삶들을 경험하는 것, 그것이야말로 교묘하게 인생을 연기하는 것이다. 배우가 일반적으로 이 요구에 복종한다든가, 그들이 부조리한 인간이라고 말하는 것은 아니다. 그러나 다만 나는 그들의 운명은 명석한 마음을 유혹하고 끌어당길 수 있는 부조리한 운명이라는 것뿐이다. 앞으로 전개할 내용을 오해 없이 이해하기 위해서는 이 점을 밝혀둘 필요가 있다.

배우는 멸망하는 것 속에서 지배한다. 다 아는 바와 같이 모든 영광 가운데서 그의 영광은 가장 덧없는 것이다. 적어도 회화에서는 이렇게들 말한다. 그러나 모든 영광은 덧없는 것이다. 시리우스의 관점에서 볼 때, 괴테의 작품들도 1만 년 후에는 티끌로 화해버리고 그의 이름은 잊힐 것이다. 아마도 어떤 고고학자가 우리 시대의 '증거물'을 찾을 것이다. 이 관념은 항상 교훈적이었다. 잘 고찰해보면, 이 관념은 우리의 불안을 무관심 속에서 발견되는 심오한 고귀함에 이르게 한다. 특히 우리의 관심을 가장 확실한 것, 즉 직접적인 것으로 향하게 한다. 모든 영광 가운데서 가장 속임수 없는 것은 현존하는 영광이다. 그러기에 배우는 무수한 영광, 일생을 바치고 시련을 겪는 영광을 선택했다. 모든 것은 어느 날인가 죽어야만 한다는 것에서 그는 최선의 결론을 끄집어내는 것이다. 배우는 성공하든가 혹은 성공하지 못하든가 할 뿐이다. 작가는 설령 인정을 못 받는다고 할지라도 희망을 갖는다. 그는 자기가 누구였는가에 대해 그의 작품이 증명해주리라고 생각한다. 배우는 기껏해야 한 장의 사진을 우리에게 남겨줄 뿐이며, 그의 동작과 침묵, 그의 짧은 한숨이나 사랑의 숨소리, 이러한 것들의 어느 하나도 우리에게까지 전달되지는 못할 것이다. 그에게 알려지지 않은 것은 출연하지 않는다는 것이며 출연하지 않는다는 것은 그가 생명을 부여한, 혹은 부활시킨 모든 존재와 함께 무수히 죽는다는 것이다.

*

그지없는 덧없는 창조 위에 세워진 사라져가는 영광을 발견한다고 해서 무엇이 놀랍다는 것인가? 배우는 세 시간 동안 이아고나 알세스트, 페드르나 글로스터가 된다. 이 짧은 시간 동안에 배우는 50제곱미터의 무대 위에서 그들을 태어나게 하고 죽게 한다. 부조리가 그토록 훌륭하게, 그리고 그토록 오랫동안 밝혀진 적은 없었다. 이 놀라운 인생, 벽과 벽 사이에서, 그리고 몇 시간 동안에 자라나서 끝을 맺는 이 특이하고도 완성된 운명, 이보다 더 계시적인 어떤 축도를 바랄 것인가? 연극이 끝나면, 시지스몬도는 이제 아무것도 아니다. 두 시간 후엔 그가 거리에서 식사하고 있는 것을 보게된다. 아마도 인생이 한낱 꿈이라는 것은 바로 이때를 가리키는 것일 게다. 그러나 시지스몬도에 뒤이어 또 다른 인물이 나타난다. 결단을 못 내리고 괴로워하는 주인공이 복수 후에 울부짖는 인간으로 대치된다. 이리하여 여러 세기와 정신들은 편력하며, 있을 수 있고 또 있는 그대로의 인간을 모방함으로써, 배우는 나그네라는 또 다른 부조리한 인물과 합류한다. 나그네와 마찬가지로, 그는 무엇인가를 소진하며 끊임없이 편력한다. 그는 시간의 나그네이며, 최상의 경우, 영혼들의 추적당한 나그네이다. 만약 양(量)의 도덕이 정신적 양식을 발견할 수 있다면, 그것은 바로 이 야릇한 무대 위에서다. 배우가 어느 정도로 이 인물에게서 영향을 받는지는 말하기 어렵다. 그러나 중요한 것은 그런 것에 있지 않다. 다만 문제는 어느만큼 그가 대치될 수 없는 이 삶에 동화되느냐를 아는 것이다. 사실그는 그들을 자기와 함께 지니고 다니며 그들이 탄생한 시간과 공간을 가볍게 넘어선다. 그들은 배우에게 붙어 다니며 배우는 이제자신이 출연했던 인물에서 쉽게 떨어져 나오지 못한다. 그는 잔을쳐들면서 잔을 쳐드는 햄릿의 동작을 되찾게 되는 일도 있다. 그렇다, 그가 무대 위에서 재현했던 모든 인물들과 분리시킨 간격은 그리 큰 것이 아니다. 이때 인간이 되고자 하는 것과 실재하는 것 사이에는 경계가 없다는 지극히 풍부한 진리를 매달, 또는 매일 풍성하게 밝혀준다. 어떤 점에서 그는 더 잘 연기하려고 전념함으로써, 외관이 얼마만큼 존재를 만드는지를 증명한다. 왜냐하면 절대적으로그럴듯하게 꾸미는 것, 자기의 것이 아닌 삶 속으로 가능한 한 깊이들어가는 것, 이것이 그의 예술이기 때문이다.

그의 노력의 끝에서 그의 사명은 밝혀진다. 다시 말해서 아무것도 아닌 존재이거나 혹은 많은 존재가 되고자 전심을 다하여 골몰

하는 것이다. 그의 인물을 창조하기 위해 그에게 부여된 제약이 크면 클수록 더욱 그의 재능이 필요하게 된다. 오늘 그의 것이 된 모습으로 세 시간 후에는 죽어간다. 그는 세 시간 동안에 한 예외적인 운명을 전적으로 경험하고 나타내야만 한다. 이것은 곧 자신을 되찾기 위해 자신을 잃는 것이라고 불린다. 이 세 시간 동안에 그는 관람객들이 일생 동안 돌아다니는 출구 없는 길의 끝까지 걸어간다.

*

멸망하는 것의 모방자인 배우는 오직 외관에서 자신을 훈련하고 완성시킨다. 연극의 관례란 오직 동작을 통해서, 그리고 육체 안에서 심정이 표현되고 이해되어야만 한다. 혹은 육체에 속하는 동시에 영혼에 속하기도 한 목소리를 통해서. 이 예술의 법칙은 모든 것이 확대되고 육신으로 표현되기를 바란다. 만약 무대 위에서 사람들이 사랑하는 것처럼 사랑하고 대치할 수 없는 이 마음의 음성을 사용하고 우리가 응시하는 것처럼 주시해야 한다면 우리의 언어는 암호로 남을 것이다. 여기에서는 침묵이 이해되도록 해야만 한다. 사랑은 어조를 높이고 부동(不動)까지도 구경거리가 될 만하다.

육체는 왕이다. 바란다고 해서 '연극적인 것'은 아니며, 부당하게도 악평을 받는 이 말은 하나의 전 미학(全美學)과 전 도덕(全道德)을 포함하고 있다. 인간의 삶의 절반은 은연중에 암시하고 얼굴을 돌린 채 침묵을 지키게 된다. 여기서 배우는 침입자이다. 그는 쇠사슬에 묶인 영혼의 마술을 풀어주고, 마침내 정열은 그들의 무대 위로 달려든다. 이러한 정열은 모든 몸짓 가운데서 이야기하며, 오직 외침으로서만 살게 될 뿐이다. 이렇듯 배우는 겉모양으로 그의 인물들을 구성한다. 그는 그들을 묘사하거나 조각한다. 그는 그들의 상상적인 형태 속으로 흘러들며 그들의 망령에 피를 부어 넣는다.

두말할 나위도 없이 나는 배우에게 그의 모든 육체적인 운명을 실현하는 기회를 주는 위대한 연극에 대해 말하고 있다. 셰익스피어를 보라. 이 최상의 감동을 주는 연극에서 춤을 이끌어가는 것은 육체의 격렬함이다. 이 격렬함이 모든 것을 설명한다. 이 열정 없이는 모든 것이 붕괴되고 말 것이다. 리어왕은 코델리아를 추방하고 에드거에게 형을 선고하는 잔인한 행위 없이는 광기가 그에게 약속한 장소에 절대 가지 않았을 것이다. 그러므로 이 비극이 발광 상태의 증상 아래 전개되는 것은 옳은 일이다. 영혼들은 악마에, 악마의 춤에 내맡겨진다. 적어도 여기에는 네 사람의 광인, 하나는 직업상으로, 다른 하나는 의지로, 나머지 둘은 번민으로 광인이 되었다. 즉 광란하는 네 개의 육체, 같은 상태의 형용할 길 없는 네 개의 얼굴이다.

인간 육체의 계층으로도 역시 불충분하다. 가면과 반(半)장화, 얼굴을 본질적인 모든 요소 가운데서 변형시키고 드러내 보이는 분장, 과장되고 단순화된 의상, 이 세계는 모든 것을 외관에 희생하며 오로지 눈으로 보이는 것을 위해 만들어졌을 뿐이다. 부조리한 기적을 통해서, 여기서도 역시 인식을 가져오는 것은 육체이다. 나는 이아고의 역(役)을 맡아보지 않는 한 결코 그를 이해하지 못할 것이다. 내가 아무리 그의 말을 들어본다 해도 소용이 없다. 내가 그를 볼 때만 그를 파악할 뿐이다.

그러므로 배우는 부조리한 인물의 단조로움을 가지며, 그가 그의 모든 주인공들 속으로 끌고 다니는 낯설면서도 동시에 친근감이 있는, 독특하고도 집요한 실루엣을 가진다. 여기에서도 역시 위대한 연극 작품은 단일한 색조(色調)에 봉사한다.* 바로 이 점에 배우의 모순이 있다. 즉 동일하면서도 극히 다양하고, 단 하나의 육체를 통해 그 많은 영혼이 요약된다는 배우의 모순, 그러나 모든 것을 성취하고 모든 것을 살고자 하는 이 인간, 이 헛된 시도, 이 대수롭지 않은 고집, 이것은 부조리한 모순 그 자체다.

그럼에도 모순되는 것은 항상 그에게서 결합된다. 그는 육체와 정신이 다시 서로 만나고, 꽉 조여지는 곳, 실패에 지친 정신이 그의 가장 충실한 동맹자에게로 되돌아가는 곳에 있다. 햄릿은 말한다. "피와 판단이 이상하게도 뒤섞여서 운명의 손가락이 제멋대로 노래하는 플루트가 되지 않는 자는 복이 있을지어다"라고.

---

* 여기서 나는 몰리에르의 알세스트를 생각한다. 모든 것은 지극히 단순하며 명백하고 야비하다. 필랭트 대 알세스트, 엘리앙트 대 셀리멘, 종말을 향해 떠밀려가는 성격의 부조리한 결과 속에 발견되는 이 모든 주제, 그리고 시구 자체, 성격의 단조로움과 마찬가지로 격조라고는 찾아볼 수 없는 "서투른 시구(le mauvais vers)"가 그러하다. (원주)

배우의 이와 같은 행동을 교회가 어찌 정죄하지 않았겠는가? 교회는 이 예술 속에서 영혼의 이교도적인 증가, 감정의 방탕, 단 하나의 운명만을 살아가는 것을 거부하고 온갖 방종 가운데로 뛰어드는 정신의 파렴치한 주장을 배척했다. 교회는 그들 가운데 교회가 가르치는 모든 것의 부정인 이 현재에 대한 열망과 프로테우스의 승리를 금지했다. 영원은 장난이 아니다. 영원보다 연극을 더 좋아하리만큼 어리석은 정신은 그의 구원을 잃어버린 것이다. '어디에나'와 '언제나' 사이에는 화해의 여지가 없다. 그러기에 그토록 천대받는 이 직업은 엄청난 정신의 갈등을 야기할 수 있다. 니체는 "중요한 것은 영원한 삶이 아니라 영원한 생기이다"라고 말한다. 사실 모든 연극은 이 선택 속에 있다.

아드리엔 르쿠브뢰르는 그의 임종 자리에서 참회하고 성체배령하기를 원했지만 배우라는 그의 직업을 공식적으로 버리기를 거부했다. 이로써 그 여자는 고해의 혜택을 상실했다. 사실 이것은 신에 대항하여 자기의 깊은 열정의 편을 드는 것이 아니고 무엇이겠는가? 그리하여 임종의 고통에 처한 이 여자는 자신의 예술이라고 불렀던 것을 거짓으로 부인하는 것을 눈물로써 거절하면서 조명 앞에서는 결코 도달하지 못한 위대함을 입증했다. 그 여자의 가장 아름다운 역(役)이었으며 연기하기에 가장 어려운 역할이었다. 하늘과 이 터무니없는 성실성 사이에서 선택하는 것, 영원보다는 자기를 택할 것인가 혹은 신에게로 몰입할 것인가 하는 문제는 오래된 비극이며 그녀는 그 가운데 자기의 위치를 차지해야만 한다.

그 당시의 배우들은 자신이 파문당하는 존재임을 알고 있었다. 이 직업을 선택한다는 것은 지옥을 선택하는 것이었다. 그리하여 교회는 그들을 최악의 적으로 보았다. "뭣이라고, 몰리에르에게 최후의 구원을 거절하다니!" 하고 어떤 문학자는 분개한다. 그러나 그것은 정당했으며, 특히 무대 위에서 죽은 사람, 확산을 위해 바친 전 삶을 분장한 채 끝마친 사람에게는 정당한 것이었다. 사람들은 그를 변호하기 위해 모든 것이 용서되는 천재에게 호소한다. 그러나 천재는 아무것도 용서받지 않는다. 왜냐하면 천재야말로 용서받기를 거절하기 때문이다.

따라서 배우는 어떠한 벌이 자기에게 약속되어 있는지를 알고 있었다. 그러나 삶 그 자체가 그에게 예정하고 있는 최후의 형벌에 비하면 이처럼 막연한 위협이 무슨 의미를 가질 수 있겠는가? 그가 앞질러 경험하고 전적으로 받아들였던 것이 바로 이 최후의 형벌이었다. 부조리한 인간에게서처럼 배우에게서도 앞당겨진 죽음은 돌이킬 수 없는 것이다. 그렇지 않으면 그가 편력했던 얼굴과 수많은 세기의 총화를 보상할 수 있는 것은 아무것도 없다. 그러나 아무튼 죽는다는 것이 문제이다. 왜냐하면 배우는 두말할 것도 없이 도처에 있으나, 시간이 역시 그를 이끌어가며 그 위력을 그에게 가하기 때문이다.

그리하여 배우의 운명이 뜻하는 것을 느끼기 위해서는 약간의 상상력만으로 충분하다. 그가 그의 인물들을 구성하고 열거하는 것은 시간 안에서 이루어진다. 그가 그러한 인물들을 지배하는 것을 배우는 것도 역시 시간 안에서이다. 그가 여러 가지 삶을 많이 살면 살수록 더욱 그는 그 삶에서부터 분리되는 것이다. 무대에서 죽어야 할, 그리고 이 세상에서 죽어야 할 시간은 온다. 그가 살아온 것이 그의 면전에 있다. 그는 분명하게 본다. 그는 이 모험이 비통하고도 대치될 수 없는 것을 지니고 있음을 느낀다. 이제 그는 죽을 줄 알며 또한 죽을 수 있다. 늙은 배우들을 위한 은둔처가 있다.

정복

정복자는 말한다. "안 된다. 행동을 사랑하기 위해서 내가 사랑하는 것을 잊어버려야만 한다고 믿어서는 안 된다. 그와는 반대로 나는 내가 믿고 있는 것을 완전히 정의할 수 있다. 왜냐하면 나는 그것을 강하게 믿고 있으며 확실하고 분명한 눈으로 바라보기 때문이다. '나는 그것을 표현하기에는 너무나도 그것을 잘 알고 있다'라고 말하는 자를 경계하라." 왜냐하면 그들이 그것을 표현할 수 없다면, 그들은 그것을 알지 못하거나 또는 게을러서 껍데기에 머물러버렸기 때문이다.

나는 많은 의견을 가지고 있지 않다. 한 인생의 끝에 이르러, 인간은 단 하나의 진리를 확인하기 위해 여러 해를 보냈음을 알게 된다. 그러나 만약 단 하나의 진리가 분명한 것이라면, 그것은 인생의 좌

표로 삼기에 족하다. 나로 말하면 개인에 대해서 무엇인가 말할 것을 분명히 가지고 있다. 이에 대해서는 엄격하게, 필요하다면 적당히 경멸적인 태도로 말하지 않으면 안 된다.

인간은 그가 말하는 것을 통해서보다는 침묵하는 것을 통해서 더 인간답다. 내가 침묵을 지키려 하는 것은 많이 있다. 지금까지 개인에 대해 판단해온 모든 사람은 판단을 확립하는 데 우리들보다 훨씬 적은 경험을 가지고 있었다고 나는 굳게 믿는다. 지성, 그 감동적인 지성은 아마 확인하지 않으면 안 될 것을 예감했으리라. 시대와 그 폐허, 그 피는 우리들을 명증으로 가득 채워준다. 고대인들, 나아가서는 우리들의 시대에 이르기까지 현대인들도 사회와 개인의 힘을 저울질할 수 있었으며, 어느 편이 다른 편에 봉사해야 할 것인가를 탐구할 수 있었다. 인간의 마음속에 끈질기게 따라붙는 착오, 그것을 통해 사람들이 봉사하기 위해 혹은 봉사받기 위해 태어난 것이라는 착오 때문에, 처음에는 이것이 가능했다. 이것은 또한 사회도 개인도 아직 그들의 수완을 완전히 발휘하지 않았기 때문에 가능했다.

나는 선한 사람들이 플랑드르의 피비린내 나는 전쟁이 한창일 때 태어난 네덜란드 화가의 걸작품에 감탄하며, 끔찍한 30년 전쟁의 한가운데서 일어난 슐레지엔의 신비주의자들의 기도문에 감동하는 것을 보았다. 그들의 놀란 눈에는 영원한 가치가 세속의 소란스러움 위로 떠오르는 것이 보였다.

그러나 그 후로 시대는 전진했다. 오늘의 화가들은 이러한 침착성을 빼앗기고 말았다. 설령 그들에게 창조자에게 필요한 마음, 다시 말하면 냉혹한 마음이 있다고 할지라도 그것은 아무 쓸모가 없다. 왜냐하면 모든 사람이, 심지어 성자(聖者)까지도 동원되어 있기 때문이다. 아마 이것이 내가 가장 뼈저리게 느꼈던 일일 것이다. 참호 속에서 유산(流産)된 모든 형태, 총부리 밑에 부서진 모든 필봉, 비유 혹은 기도에 대해 영원은 실패하고 말았다. 나의 시대와 분리될 수 없음을 의식한 나는 이 시대와 일체가 될 것을 결심했다. 내가 그처럼 많은 경우에서 개인을 중히 여기는 것은 다만 그것이 어처구니없고 굴욕적인 것으로 보이기 때문이다.

승리할 이유가 없음을 아는 나는 패배의 원인에 대해서 흥미가 있다. 그것들은 찰나적인 승리에서와 마찬가지로 그의 패배에서도 똑같이 전적인 영혼을 요구한다. 이 세계의 운명과의 연대를 느끼는 사람에게 문명의 충격은 무엇인가 괴로움을 지닌다. 나는 이 괴로움을 나의 것으로 만들어버리는 동시에 거기에서 나의 역할을 맡기를 원했다. 역사와 영원 사이에서, 나는 확실성을 사랑하기 때문에 역사를 선택했다. 적어도 역사에 대해서 나는 확신을 가지고 있다. 나를 짓누르는 이 힘을 어떻게 부정할 수 있겠는가?

관조와 행동, 그 어느 쪽을 선택하지 않으면 안 될 때가 늘 온다. 이것을 바로 인간이 되는 것이라고 일컫는다. 이러한 분열은 끔찍하다. 그러나 자부심이 강한 마음에는 중간이란 있을 수 없다. 신이 아니면 시간, 십자가가 아니면 검(劍)이 있다. 이 세계는 그 소란스러움을 넘어서는 더욱 높은 의미가 있거나, 아니면 그러한 소란스러움 외에는 참다운 것이라곤 아무것도 없다. 시간과 함께 살고 시간과 함께 죽어야만 하며 또는 더욱더 큰 삶을 위해 시간에서 벗어나야 한다. 사람은 타협할 수가 있으며 또 시대 안에 살면서 영원을 믿을 수 있다는 것을 나는 안다. 이것을 일컬어 동의(同意)라고 한다. 그러나 나는 이 말을 싫어하며, 전체 아니면 무를 원한다. 내가 행동을 선택한다고 하더라도 관조가 나에게 미지의 땅과 같은 것으로 생각해서는 안 된다. 그러나 관조는 나에게 모든 것을 줄 수 없으며, 영원을 빼앗긴 나는 시간과 결합되기를 바란다. 나는 향수도 쓰라림도 고려하고 싶지 않으며 오직 명확히 보고 싶을 뿐이다. 나는 당신에게 말한다. 내일 당신은 동원될 것이라고. 당신에게나 내게나 이것은 하나의 해방이다. 개인은 아무것도 할 수 없으면서, 그렇지만 모든 것을 할 수 있다. 이 놀라운 처분 가능성 속에서 당신은 왜 내가 개인을 치켜세우고 동시에 짓누르는가를 이해할 것이다. 개인을 뭉개버리는 것은 이 세계이며, 그 개인을 해방시키는 것은 아니다. 나는 개인에게 모든 권리를 준다.

*

정복자들은 행동이 그 자체로서는 쓸모가 없다는 것을 안다. 유익한 행동은 단 하나, 인간과 대지를 다시 만드는 행동뿐이다. 결코 인간들을 다시 만들지는 못할 것이다. 그러나 '그럴 수 있는 것처럼' 하지 않으면 안 된다. 왜냐하면 투쟁의 길은 내가 육체와 만나게 하기 때문이다. 비굴하다고 할지라도 육체는 나의 유일한 확실성이다. 나는 육체로서 살 수밖에 없다. 피조물이 나의 조국이다. 이것이 바로 내가 대수롭지 않은 부조리한 노력을 선택한 이유이다. 내가 투쟁의 편에 선 것도 이 때문이다.

시대가 거기에 응한다는 것을 나는 이미 말한 바 있다. 지금까지 정복자의 위대함은 지리학적이었다. 그 위대함은 정복된 지역의 넓이로 측정되었다. 그러나 이 말의 의미가 바뀌고, 더는 전승의 장군을 가리키지 않는 데에는 이유가 있다. 위대함은 그 기지(基地)를 바꾸었다. 위대함은 이제 항거와 미래 없는 희생 속에 있다. 여기서도 역시 패배에 대한 애착 때문에 그렇게 된 것은 아니다. 승리는 바람직하리라. 승리는 단 하나뿐이며, 영원한 것이다. 결코 내가 갖지 못할 승리이다. 내가 부딪치고 움켜잡는 지점이다. 혁명은 현대 정복자의 효시인 프로메테우스의 혁명을 비롯해서 항상 신에 항거해서 이룩된다. 이것은 운명에 대한 인간의 권리 주장이다. 다시 말하면 가난한 자의 권리 주장은 하나의 구실에 지나지 않는다. 그러나 나는 그의 역사적 행위에서만 이 정신을 붙잡을 수 있으며, 내가 이 정신과 합류하는 것도 바로 그곳에서이다. 그렇지만 내가 여기서 만족하고 있는 것으로 생각해서는 안 된다. 본질적인 모순 앞에서 나는 나의 인간적 모순을 지속시킨다. 나는 나의 명석함을 부정하는 것 한복판에 명석함을 놓는다. 나는 인간을 짓누르는 것 앞에서 인간을 치켜세우며, 이때 나의 자유와 나의 반항 그리고 나의 열정은 이 긴장, 통찰, 엄청난 반복 속에서 서로 결합한다.

그렇다, 인간이야말로 자신의 목적이다. 그리고 유일한 목적이다. 그가 어떤 존재이고자 하는 것은 이 삶 속에서다. 이제 나는 그것을 충분히 알고 있다. 정복자들은 가끔 정복한다는 것과 극복한다는 것에 대해 말한다. 그러나 그들이 뜻하는 바는 항상 '자기를 극복한다'는 의미이다. 이것이 무엇을 말하는 것인지 당신들은 잘 알 것이다. 모든 인간은 어떤 때에 신과 동등하다고 느낀다. 적어도 그들은 그렇게 말한다. 그러나 그것은 인간 정신의 놀라운 위대함을 섬광 속에서 느꼈다는 사실에서 온다. 정복자들이란 끊임없이 이 절정에서 이러한 위대함을 완전히 의식하고 살아가는 것을 확신할 만큼 충분히 자기의 힘을 느끼는 자들일 따름이다. 더 많은가 또는 더 적은가 하는 산술의 문제이다. 정복자들은 가장 많은 것을 할 수 있다. 그러나 인간은 무엇을 하고자 원할 때 자신이 할 수 있는 것보다 더 많은 것을 할 수는 없다. 그러기 때문에 그들은 치열하게 타오르는 혁명의 혼 속에 잠겨들어가면서, 인간의 도가니를 절대 떠나지 않는다.

그들은 거기에서 부서져버린 피조물을 발견한다. 그러나 또한 그들은 거기에서 그들이 사랑하고 찬양하는 유일한 가치, 즉 인간과 그의 침묵을 만난다. 이것은 그들의 빈곤이며 동시에 그들의 부(富)다. 그들에게는 단 하나의 사치가 있을 뿐인데, 인간관계의 사치이다. 상처받기 쉬운 이 우주 안에서 인간적인 그리고 오직 인간적일 뿐인 모든 것이 더욱 치열한 의미를 지니게 된다는 것을 어찌 깨닫지 못하겠는가? 긴장한 얼굴, 위협받는 인간애, 인간 상호 간의 지극히 강하고 순결한 우정, 이러한 것은 소멸되기 쉬운 것이기 때문에 참다운 부다. 정신이 그의 힘과 한계를 가장 깊이 느끼는 것은 바로 그러한 것들 한가운데서이다. 다시 말하면 그의 유효성 말이다. 어떤 사람들은 천재를 말한다. 그러나 나는 천재보다는 차라리 지성을 택하겠다. 이때 지성은 홀룡한 것이라는 의미다. 지성은 이 사막을 밝히고 지배한다. 지성은 그의 종속성을 알며 이를 빛나게 한다. 지성은 이 육체와 동시에 죽으리라. 그러나 그것을 아는 것, 여기에 그의 자유가 있다.

*

우리는 모든 교회가 우리를 적대시한다는 것을 모르지는 않는다. 그렇듯 긴장된 마음은 영원에서 빠져나가고, 또 신적인 혹은 정식적인 모든 교회는 영원을 주장한다. 행복과 용기, 보수 혹은 정의는 그들에게는 부차적인 목적이다. 교회가 가져오는 것은 교리이며 거기에 복종하지 않으면 안 된다.

그러나 나는 관념이나 영원과는 아무런 관련이 없다. 나의 범위 안에 있는 진리는 손으로 만져볼 수 있는 것들이다. 나는 이 진리와 분리될 수 없다. 당신이 내 위에 아무것도 세울 수 없는 것은 바로 이러한 이유 때문이다. 즉 정복자에게는 아무것도 영속하는 것이 없으며 그의 교의도 마찬가지다.

이러한 모든 것의 끝에 어쨌든 죽음이 있다. 우리는 그것을 알고 있다. 또한 우리는 죽음이 모든 것을 끝내버린다는 것도 알고 있다. 그렇기 때문에 유럽을 뒤덮고 있으며 우리들 중의 몇몇 사람의 마음에 붙어 떠나지 않는 이 무덤들은 보기 흉하다. 사람은 사랑하는 것만을 아름답게 꾸미며, 죽음은 우리에게 혐오감을 일으키고 우리를 진저리나게 한다. 죽음도 역시 정복되어야 한다. 페스트 때문에 텅 비고 베네치아 군으로 포위된 파도바시(市)의 죄수인 최후의 카라라 사람은 인기척 없는 궁전을 아우성치며 돌아다녔다. 그는 악마를 부르고 악마에게 죽음을 청했다. 이는 죽음을 극복하는 하나의 방법이다. 그리하여 죽음이 존경을 받는다고 스스로 믿고 있는 장소를 그토록 끔찍한 곳으로 만든 것은 역시 서구인에게는 용기의 표시이다. 반항의 세계에서 죽음은 불의를 선동한다. 죽음은 최고의 오류이다.

더는 타협함이 없이 다른 사람들은 영원을 선택했으며 이 세상의 환상을 고발했다. 그들의 무덤은 수많은 꽃과 새에 둘러싸여 웃음 짓고 있다. 그것은 정복자에게 알맞은 것이며 그가 배척했던 것의 명백한 이미지를 그에게 준다. 그는 반대로 검은 쇠의 장식이나 이름 없는 구덩이를 선택했다. 영원의 사람들 가운데서 가장 훌륭한 사람들은 자기의 죽음에 대한 이와 같은 이미지와 함께 살아갈 수 있는 정신 앞에서 때때로 존경과 동정에 가득 찬 두려움에 사로잡히게 된다. 그렇지만 이러한 정신들은 이미지에서 그들의 힘과 정당성을 이끌어낸다. 우리의 운명은 우리 앞에 있으며 우리가 도전하는 것은 이 운명이다. 오만함 때문이라기보다는 오히려 대수롭지 않은 우리의 조건에 대한 의식을 통해서 우리도 역시 가끔은 우리 자신에 대해 연민을 느낀다. 이 연민은 우리가 받아들일 수 있는 동정이다. 아마도 당신은 거의 이해하지 못할, 당신에게는 남자답지 않게 보일 감정이다. 하지만 이 감정을 느끼는 것은 우리들 가운데서 가장 대담한 사람들이다. 그러나 우리는 명석한 자를 남자답다고 부르며, 우리는 통찰에서 벗어난 힘을 바라지 않는다.

*

다시 한번 말하자면, 이러한 이미지들이 제시하는 것은 모럴이 아니며, 또한 그 이미지들은 판단을 강요하지도 않는다. 말하자면 그것은 데생이다. 그 데생은 단지 삶의 한 양식을 표현할 뿐이다. 연인이나 배우, 또는 모험가는 부조리를 연출한다. 그러나 정숙한 사람, 관리, 또는 공화국의 대통령도 그들이 원한다면 똑같이 할 수 있다. 알고 있는 것으로, 그리고 아무것도 가면을 쓰지 않는 것으로 족하다. 이탈리아의 박물관에서는 때때로 사제들이 단두대를 가리기 위해 사형수의 얼굴 앞에서 들어 올렸던 작은 그림 병풍을 볼 수 있다. 온갖 모양의 비약, 신, 또는 영원 속으로의 침전, 일상적인 것이나 관념의 환상 속으로의 침잠, 이 모든 병풍은 부조리를 감춰버린다. 그러나 병풍 없는 관리들이 있으며 나는 그들에 관해 말하고자 한다.

나는 가장 극단적인 사람들을 택했다. 이만한 정도에서, 부조리는 그들에게 왕과 같은 권한을 준다. 이 왕자들에게 왕국이 없는 것은 사실이다. 그러나 그들은 다른 사람들에 비해 유리한 조건을 가지고 있다. 모든 왕위는 헛된 것이라는 것을 알고 있다는 점이다. 그들은 알고 있다. 여기에 바로 그들의 모든 위대함이 있다. 그리하여 그들에 관해서, 감춰진 불행이나 환멸의 재(灰)에 대해 말하려는 것은 헛된 일이다. 희망을 빼앗겼다는 것이 절망한다는 것은 아니다. 대지의 불꽃은 하늘의 향기에 맞먹는 가치가 있다. 나는 물론이거니와 그 누구도 이것들을 판단할 수는 없다. 그들은 더 우월하게 되기를 바라지 않으며, 그들은 시종일관하기를 시도한다.

만약 슬기롭다는 말이 자기가 가지고 있지 않은 것에 대해 공상하지 않고 가지고 있는 것만으로 살아가는 인간에게 적용된다면, 그들이야말로 슬기로운 사람들이다. 그들 가운데 한 사람, 정신에서의 정복자, 인식에서의 돈 후안, 지성에서의 배우는 그것을 누구보다도 더 잘 알고 있다. 즉 "사람은 완벽하게 양(羊)의 유순함을 지닐 때, 땅 위에서나 하늘에서나 아무런 특권을 누릴 자격이 없다. 다시 말하면, 잘 되어봤자 뿔을 가진 우스꽝스러운 조그만 양으로 계속 머물러 있을 것이며 그 이상 아무것도 아니다. 허영 때문에 죽을 지경이며, 재판관의 태도 때문에 스캔들을 일으키는 일이 없다고 할지라도."

아무튼 부조리한 논증에 더욱 열띤 모습을 회복하지 않으면 안 될 것이다. 상상력은 미래도 허약함도 없는 세계를 따라 살아갈 줄 아는, 시간과 유적에 얽매여 있는 다른 많은 사람을 덧붙일 수 있다.

그리하여 부조리하고 신 없는 이 세계는 명확하게 사고하며 아무것도 희망하지 않는 사람들로 가득 찰 것이다. 그런데 나는 창조자라는 가장 부조리한 인물들에 관해 아직 언급하지 않았다.

부조리한 창조

철학과 소설

부조리의 인색한 공기 속에서 유지되는 이 모든 삶은, 자신의 힘에 활기를 주는 어떤 심오하고도 영속적인 사고 없이는 유지될 수 없을 것이다. 여기서도 그것은 어떤 충실성에 대한 특이한 감정만이 있을 뿐이다.

우리는 의식적인 사람들이 가장 어리석은 전쟁의 한가운데에서도 자신이 모순이라고 생각하지 않고 그들의 임무를 수행하는 것을 보았다. 아무것도 회피하지 않는다는 것이 중요하기 때문이다. 이와 같이 세계의 부조리성을 지탱하는 데 형이상학적 행복이 있다. 정복 혹은 연기, 무수한 사랑, 부조리한 반항, 이러한 것은 인간이 애당초 패배한 전쟁에서 그의 존엄성에 바치는 경의다.

문제는 오직 전투의 규칙에 충실히 임하는 것이다. 이와 같은 생각은 한 정신을 충분히 성장시킬 수 있다. 즉 이와 같은 생각은 전 운명을 지탱해왔고 또 지탱하고 있다. 사람들은 전쟁을 부정하지 않는다. 전쟁으로 죽든가, 살든가 해야 한다. 부조리도 이와 마찬가지이다. 즉 중요한 것은 부조리와 더불어 호흡하고, 그 교훈을 인정하고, 그들의 육체를 재발견하는 것이다. 이러한 점에서 더할 나위 없이 부조리한 기쁨은 창조이다. "예술, 오로지 예술만을, 우리는 진리를 조금도 죽일 수 없는 예술만을 가지고 있다"라고 니체는 말한다.

내가 여러 양상에 관해 기술하고 느끼게 하려는 경험에서, 하나의 고뇌가 죽어가는 곳에 또 다른 고뇌가 생긴다는 것은 확실하다. 망각의 어리석은 탐구, 만족에 대한 호소는 이제 아무런 메아리도 불러올 수 없다. 그러나 이 세계의 정면에서 인간을 지탱하는 한결같은 긴장, 인간이 모든 것을 맞아들일 수 있는 정열적인 열광은 그에게 또 다른 열정을 안겨준다. 이 세계에서 작품은 그의 의식을 유지하며 그 모든 모험을 고정시키는 유일한 기회이다. 창조한다는 것은 두 번 사는 것이다. 가령 프루스트 같은 사람이 불안 속에서 더듬거리는 탐구, 꽃과 태피스트리, 고뇌의 세심한 수집이 의미하는 것과 다르지 않다. 동시에 그 수집은 배우, 정복자 그리고 모든 부조리한 인간들이 그들의 매일매일의 생활에 전념하는 끊임없고 극히 작은 창조 이상의 가치를 가지고 있는 것도 아니다. 모두가 그들의 것인 현실을 흉내 내고 반복하고 재창조하려고 힘쓴다. 이렇듯 우리는 언제나 우리의 참된 모습을 갖게 된다. 영원을 등진 인간에게 존재란 완전히 부조리한 가면 속의 엄청난 모방일 뿐이다. 창조는 위대한 모방이다.

이 사람들은 우선 알고, 그다음에 지금 막 닿은 미래 없는 섬을 돌아다니고, 확장하고 풍요롭게 하는 데 그들의 온갖 노력을 바친다. 그러나 우선 알아야 한다. 왜냐하면 부조리한 발견은 미래의 열정이 완성되고 공인된 정지의 시간과 일치하기 때문이다. 복음서가 없는 사람들도 그들의 감람산을 가지고 있다. 그리고 그들의 감람산 위에서도 잠들어서는 안 된다. 부조리한 인간에게는 설명하고 해결하는 것이 문제가 아니라 느끼고 기술하는 것이 중요하다. 모든 것은 명확히 볼 수 있는 무관심에서 시작된다.

기술하는 것은 부조리한 사고의 마지막 야망이다. 과학도 역시 그 역설의 끝에 이르러 제안하는 것을 중단하고 항상 현상의 순수한 풍경을 관망하고 묘사하는 것에 주의한다. 이리하여 우리를 이 세계의 모습 앞으로 옮겨다 놓은 이 감동은 그 심오함에서 오는 것이 아니라 다양성에서 온다는 것을 마음은 깨닫는다. 설명이란 무익하지만 감각은 남는다. 그리고 이 감각과 함께 양적으로 소멸될 수 없는 세계의 끊임없는 부름이 남는다. 우리는 여기서 예술 작품의 위치를 이해하게 된다.

예술 작품은 경험의 죽음과 동시에 증가를 나타낸다. 예술 작품은 이 세계를 통해 이미 관현악으로 편곡된 주제의 단조롭고도 열정적인 반복과도 같다. 다시 말해서 육체, 사원 정면에 새겨진 무궁무진한 이미지의 육체, 형태 혹은 색채, 조화 또는 비탄 같은 것, 그러므로 창조자의 위대하고도 어리석은 세계 속에서 이 시론의 중요한 주제들을 재발견하는 것은 무관한 일이 아니다. 요컨대 여기서 어떤 상징을 보거나 예술 작품을 부조리의 피난처로 간주할 수 있다고 믿는 것은 잘못일 것이다. 예술 작품은 그 자체가 부조리한 현상이며 오직 그 묘사만이 중요할 뿐이다. 예술 작품은 정신의 병에 해결책을 제공하지 않는다. 오히려 그것은 한 인간의 모든 사고 속으로 번져가는 병의 징조 중 하나이다. 그러나 처음에 예술 작품은 정신 그 자체에서부터 나오게 되어 다른 사람 앞에 놓이며, 뭐가 뭔지 전혀 모르도록 하는 것이 아니라 모든 사람이 관련되어 있는 출구 없는 길을 정확히 손가락으로 가리키기 위한 것이다. 부조리한 논증의 시간에서, 창조는 무관심과 발견을 뒤따른다. 창조는 부조리한 열정이 비약하는, 그리고 논증이 정지하는 지점을 표시한다. 이 시론에서의 그 위치는 이렇듯 정당성을 얻는다.

우리는 부조리 속에 말려든 사고의 온갖 모순이 예술 작품 속에 어떻게 나타나 있는지 되찾기 위해 창조자와 사상가에게 몇 개의 공통된 주제를 밝히는 것으로 족할 것이다. 사실 서로 다른 여러 지성은 동일한 결론이라기보다 오히려 공통된 모순을 통해 상호 관계를 드러낸다. 사고와 창조도 이러한 것이다. 이제 나는 인간을 이러한 태도로 밀어버리는 것이 그런 고통이라고 구태여 말할 필요도 없을 것이다. 이러한 점에서 그 태도들의 출발점이 일치하는 것은 바로 여기에 그 원인이 있다. 그러나 나는 부조리에서 출발한 모든 사고 중에서 극소수만이 그 견지를 유지하는 것을 보았다. 그리하여 그들의 탈선이나 불성실에서 나는 오직 부조리에 속해 있는 것만을 가장 잘 측정할 수 있었다. 이와 병행해서 나는 이렇게 자문하지 않을 수 없다. 부조리한 작품은 가능한가?

*

예술과 철학 사이의 오랜 대립이 너무나 임의적 관념이라는 사실은 아무리 강조해도 지나치지 않을 것이다. 만약 이러한 대립을 너무 엄밀한 의미로 이해하려고 한다면 그것은 분명히 그릇된 것이리라. 만약 이 두 범주가 각기 그들의 고유한 풍토를 가지고 있다고 말하고자 한다면, 그 말은 틀림없이 옳을 것이다. 그러나 막연하다. 승인할 수 있는 유일한 추론은 그 체계 **가운데** 갇혀 있는 철학자와 그의 작품 **앞에** 위치하고 있는 예술가 사이에 생기는 모순 속에 있다. 그러나 이것은 우리가 여기서 이차적으로 생각하는 예술과 철학의 어떤 형태에 이로운 것이다. 작가에서 분리된 예술의 관념이란 시대에 뒤떨어진 것뿐만 아니라 거짓된 것이다. 예술가와는 반대로 어느 철학자도 결코 몇 개의 체계조차 세우지 못했다는 것을 지적한다. 그러나 어떤 예술가도 상이한 모습 아래 단 한 가지 이상의 것을 결코 표현하지 못했다는 조건하에서 이 지적은 사실이다. 예술이 순간적으로 완성되며 갱신이 필요하다고 믿는 것은 오직 편견일 뿐이다. 왜냐하면 예술 작품은 역시 하나의 건축이기 때문이며 사람들은 위대한 창조가 얼마나 단조로울 수 있는가를 알고 있기 때문이다. 사상가와 똑같은 이유로 예술가도 그의 작품 속에서 자신의 모습을 찾는다. 이 상호 영향은 가장 중요한 미학적 문제를 제기한다. 게다가 정신의 목적에 대한 단일성을 확신하는 사람에게서 방법과 대상을 통한 구별보다 더 헛된 것은 아무것도 없다. 인간이 이해하고 사랑하기 위해 스스로에게 제기하는 규율 사이에는 경계선이 없다. 이 규율들은 서로 침투되며 같은 고뇌가 그 규율들을 혼합시킨다.

이러한 이야기를 우선 첫째로 말해둘 필요가 있다. 부조리한 작품이 가능하려면, 가장 명석한 형태 밑에서 사고가 그 속에 혼합되어야 한다. 그러나 사고가 그와 동시에 질서 정연한 지성으로서가 아니면 작품 속에 나타나서는 안 된다. 이 역설은 부조리로 설명된다. 예술 작품은 지성이 구체성을 합리화하는 것을 포기할 때 탄생한다. 예술 작품은 육체적인 것의 승리를 나타낸다. 작품의 탄생을 유발하는 것은 명석한 사고이지만, 그 행위 자체에서 사고는 스스로를 포기한다. 사고는 그 자신이 부당하다는 것을 알고 있는 더 깊은 의미를 기술에 덧붙이려는 유혹에 넘어가지 않을 것이다. 예술 작품은 지성의 드라마를 구현한다. 그러나 간접적으로 증명할 뿐이다. 부조리한 작품은 이러한 한계를 의식한 예술가를 요구하며, 구체성이 그 자체 이상의 아무것도 의미하지 않는 그러한 예술을 요구한다. 이러한 작품은 인생의 목적도, 의미도, 위안일 수도 없다. 창조한다든가 혹은 창조하지 않는다든가 하는 것은 아무것도 변화시키지 않는다. 부조리한 작가는 자기의 작품에 집착하지 않는다. 그는 그 작품을 포기할 수도 있을 것이다. 때로는 그것을 포기한다.

아비시니아만으로도 충분하기 때문이다.

동시에 여기서 미학적 규칙을 볼 수 있다. 참다운 예술 작품은 항상 인간적인 척도에 머무르며 그러한 작품은 본질적으로 '덜' 말하는 작품이다. 한 예술가의 총괄적인 경험과 그 경험을 반영하는 작품 사이에는, 말하자면《빌헬름 마이스터의 수업 시대》와 괴테의 성숙 사이에는 어떤 관계가 있다. 작품이 설명적인 문학이라는 레이스 달린 종이 위에 그의 모든 경험을 기술하려고 할 때 이 관계는 좋지 않다. 작품이 경험 가운데서 잘라낸 한 조각, 내면의 광채가 제한 없이 요약되는 다이아몬드의 한 결정면일 때만이 이 관계는 좋다. 첫 번째의 경우, 영원에 대한 지나친 욕심과 권리 주장이 있다. 두 번째의 경우에 작품은 풍요함을 예측하게 하는 경험의 모든 암시 때문에 작품이 풍족하게 된다. 부조리한 예술가에게 문제는 수완을 초월한 처세술을 터득하는 것이다. 요컨대 이러한 풍토 밑에서 위대한 예술가는 무엇보다도 위대한 생존자이다. 여기서 산다는 것은 역시 심사숙고하는 것 못지않게 경험하는 것으로 해석되어야 한다. 그러므로 작품은 지적 드라마를 구현한다. 부조리한 작품은 사고를 포기한 채 오직 외양만을 작품화하고, 이유가 없는 것을 이미지로 덮는 지성에 불과하다는 것을 구체적으로 보여준다. 만약 세계가 명료한 것이라면 예술은 존재하지 않을 것이다.

나는 여기서 화려한 겸손 가운데 기술만이 지배하는 형체나 또는 색채의 예술에 대해서 말하는 것이 아니다.* 표현은 사고가 끝나는 곳에서 시작된다. 사원이나 박물관에 모여드는 공허한 눈을 가진 젊은이들, 이들의 철학은 몸짓 가운데 새겨져 있다. 부조리한 인간에게, 이 철학은 그 어떤 도서관보다 더 많이 가르쳐준다. 또 다른 면에서 볼 때 음악도 마찬가지다. 예술이 가르치는 바가 없다면 음악이야말로 도서관에 지나지 않는다. 수학의 무상성을 받아들이기에 음악은 수학과 너무나 비슷하다. 적당하고도 절도 있는 법칙에 따라서 정신이 자기 자신과 벌이는 이 유희는 바로 우리의 것인 소리 공간 속에 펼쳐지며, 이 공간을 넘어 진동은 비인간적인 우주에서 서로 만난다. 이보다 더 순수한 감각은 결코 없다. 이런 예는 너무도 쉬운 것이다. 부조리한 인간은 이 하모니와 형식을 자기의 것으로 인정한다.

그러나 나는 여기서 설명하려는 유혹이 가장 크게 남아 있는 작품, 환각이 스스로 일어나며, 결론이 거의 불가피한 작품에 관해 이야기하고자 한다. 나는 소설의 창조에 관해 말하고 싶다. 부조리가 거기에서 유지될 수 있는지 없는지를 생각해보려고 한다.

*

생각한다는 것, 그것은 무엇보다도 먼저 하나의 세계를 창조하고

---

* 가장 지적인 회화(繪畵), 다시 말하면 현실을 그 본질적 요소로 환원시키려고 하는 회화가 궁극에 이르러서는 눈의 즐거움 이외의 다른 아무것도 아니라는 것은 이상한 일이다. 이 회화는 세계에서 색채만을 보존했을 뿐이다. (원주)

자 하는 것이다(혹은 자신의 세계를 한정 지으려는 것인데, 결국 똑같은 말이다). 그것은 인간을 그의 경험에서 분리하는 근본적인 모순에서 출발하여 그의 향수에 따라 이해의 땅을 찾기 위해 또는 참을 수 없는 불일치를 해결하게 하는 이유로 굳어진 혹은 비유로 밝혀진 세계를 되찾고자 한다는 의미다. 철학자는, 설령 칸트라고 할지라도 창조자이다. 철학자는 그의 인물과 상징과 그의 비밀스러운 행위를 지니고 있다. 그는 그의 결말을 가지고 있다. 그와 반대로 소설이 시와 에세이보다 우위에 있음은 그 외양과는 관계없이 예술의 더 큰 지성화를 보여주기 때문이다. 특히 가장 위대한 작품을 말하고 있다는 것을 염두에 두자. 한 장르의 풍부함과 위대함은 흔히 그곳에서 발견되는 폐물로써 측정된다. 졸렬한 소설이 많다고 해서 가장 훌륭한 소설의 위대함을 잊어버려서는 안 된다. 가장 훌륭한 소설은 바로 그들의 세계를 그 속에 지니고 있다. 소설은 자기의 논리와 논증 그리고 직관과 설정을 가지고 있다. 소설에는 또한 명석에 대한 요구가 있다.*

앞서 내가 말한 예술과 철학의 고전적 대립은 이 특수한 경우에

---

* 잘 생각해볼 일이다. 즉 이것은 가장 나쁜 소설을 설명해준다. 거의 모든 사람이 사고할 수 있다고 믿으며 실상 우열의 차이는 있어도 어느 정도 사고한다. 그와 반대로 자신을 시인 또는 언어의 창조자로 생각하는 사람은 아주 적다. 그러나 사고가 문체를 능가한 이후부터 대중은 소설에 파고들었다. 그것은 사람들이 흔히 말하는 것처럼 그렇게 나쁘지는 않다. 가장 훌륭한 사람들은 그들 자신에 대해 더 많은 요구로 이끌려갔다. 이 길에서 쓰러지는 사람은 살아남을 자격이 없는 자들이었다. (원주)

서 더욱 들어맞지 않는다. 그러한 대립은 철학을 그 저자에게서 분리하는 것이 용이했던 시대에 타당했다. 사고가 이제 보편적인 것을 주장하지 않는, 그리고 사고의 가장 바람직한 역사는 스스로를 수정하는 역사가 된 오늘날에 우리는 가치 있는 체계를 알며 그러한 체계는 저자에게서 분리되지 않는다는 것을 안다. 어떤 면에서 《윤리학》 자체도 하나의 길고도 엄격한 고백일 뿐이다. 추상적 사고가 마침내 그의 지주인 육체와 결합한 것이다. 그와 마찬가지로 육체와 열정의 소설적 유희는 세계에 대한 비전의 요구를 따름으로써 좀 더 정돈된다. 사람들은 '이야기'를 말해주는 것이 아니라 그의 우주를 창조한다. 위대한 소설가는 철학적 소설가이며, 즉 경향 소설가와는 반대다. 그중의 몇몇 소설가들을 들자면, 발자크, 사드, 멜빌, 스탕달, 도스토옙스키, 프루스트, 말로, 카프카 등이다.

그러나 논증으로서보다는 차라리 이미지로 글을 쓰겠다고 한 그들의 선택은 바로 그들에게 공통된 어떤 사고, 모든 설명에 대한 원리의 무용성을 확인하고 감각적 외양의 교훈적 메시지를 확신하는 어떤 사고를 증명해준다. 그들은 작품을 끝과 동시에 시작이라고 생각한다. 그 작품은 흔히 설명되지 않는 철학의 귀착점이며, 조명이고, 완성이다. 그러나 작품은 이 철학의 암시를 통해서만 완성될 뿐이다. 결국 그 작품은 약간의 사고가 삶에서 멀어지는, 그러나 많은 사고를 그곳에 다시 끌어들인 아주 오래된 주제의 변형된 형식을 정당화한다. 현실을 승화시킬 수 없는 사고는 현실을 모방하는데 그친다. 여기서 문제 삼는 소설은 상대적인 동시에 무궁무진한 인식의 도구이며, 사랑의 인식과도 아주 흡사한 도구다. 소설적 창조는 사랑에서 맛볼 수 있는 최초의 경이와 풍부한 반추 작용을 지니고 있다.

*

적어도 내가 처음부터 이 소설적 창조에서 인정하는 것은 마력적 효과이다. 그러나 나는 굴욕적인 사고의 왕자들에게서도 그 마력을 인정했으며, 그 후 나는 그들의 자살을 지켜볼 수 있었다. 바로 나의 관심을 끄는 것은 환각의 공통된 길로 그들을 다시 이끌어가는 힘을 인식하고 서술하는 것이다. 그러므로 여기서도 똑같은 방법이 내게 도움이 될 것이다. 이미 이 방법을 사용했었던 까닭에 나는 나의 논증을 단축하고 지체함이 없이 상세한 예를 들어 요약할 수 있을 것이다. 구원의 호소 없이 사는 것을 받아들이며, 사람은 또한 구원의 호소 없이 일하고 창조할 수 있는 것인가, 그리하여 이러한 자유로 인도하는 길은 어떠한 것인가를 나는 알고 싶다. 나는 나의 세계를 그 망령들에게서 해방시키고 다만 그 현존을 부정할 수 없는 육체의 진리로 채우고 싶을 뿐이다. 나는 부조리한 작품을 만들 수 있고 다른 태도가 아닌 창조의 태도를 택할 수 있다. 그러나 부조리한 태도가 부조리한 태도로 머물러 있으려면 그 무상성의 의식을 간직해야만 한다. 작품에서도 마찬가지다. 만약 부조리한 명령이 거기서 존중되지 않는다면, 또 만약 그 작품이 단절과 반항을 형상화하지 않는다면, 그리고 만약 작품이 환상에 희생되고 희망을 불러일으킨다면, 그 작품은 이미 무상성을 잃는다. 나는 이제 더는 작품에서 떨어져 있을 수 없다. 나의 삶은 거기서 어떤 의미를 찾아낼 수 있을 것이다. 다시 말하면 그것은 가소로운 일이다. 작품은 이제 더는 인간 삶의 화려함과 무용성을 완성하는 이탈과 열정의 실천이 아니다.

　설명하고자 하는 유혹이 가장 심한 창작에서, 우리는 이 유혹을 극복할 수 있을 것인가? 현실 세계의 의식이 가장 강한 이 허구의 세계에서 나는 결론짓고자 하는 욕망에 희생되지 않고 끝까지 부조리에 충실할 수 있을 것인가? 이런 정도의 문제는 최후의 노력 속에서 고찰되어야 하리라. 우리들은 이 문제가 무엇을 의미하는 것인가를 이미 이해했다. 이 문제들은 궁극적인 환상의 대가로 자신이 깨달은 최초의, 어려운 교훈을 포기할까 두려워하는 의식의 마지막 조심성이다. 부조리를 의식하는 인간으로서 가능한 태도 중의 '하나'로 간주하는 창조에 가치가 있으며, 인간에게 주어진 모든 삶의 양식에도 가치가 있다. 정복자나 배우, 작가나 돈 후안은 그들의 살아가는 행위가 그 무모한 성격에 대한 의식 없이는 진행될 수 없다는 것을 잊어버릴 수도 있다. 사람은 아주 쉽사리 습관에 길든다. 사람은 행복하게 살기 위해 돈을 벌려고 하며, 인생의 모든 노력과 최상의 자질은 이 돈벌이에 집중된다. 행복은 잊히고 수단이 목적으로 간주해버린다. 이와 마찬가지로 이 정복자의 모든 노력은 더 위대한 삶을 향한 길에 지나지 않는 야망으로 흘러가려고 한다. 돈 후안 역시 그의 운명에 동의하려고 하며 오직 반항으로써만 위대한 가치를 지니는 이 존재에 만족하려고 한다. 전자의 경우에는 의식이, 후자의 경우에는 반항이 중요한데 그 두 가지 경우에서 부조리는 사라져버린 것이다. 인간의 마음속에는 그처럼 많은 집요한 희망이 있다. 극히 적나라한 인간도 때때로 환상에 동의하기에 이르고 만다. 평화에 대한 욕구로써 강요된 이 동의는 실존적인 동의와 내적 형제이다. 이리하여 빛의 신들과 진흙의 우상이 있게 된다. 그러나 찾아내지 않으면 안 되는 것은 인간의 모습으로 이끌어가는 중용의 길이다.

지금까지 부조리한 요구가 무엇인가를 우리에게 가장 잘 가르쳐준 것은 그 요구의 좌절이었다. 이와 마찬가지로 소설적 창조가 몇 개의 철학과 같은 모호성을 나타낼 수 있다는 것을 안다면, 이로써 우리는 과오를 피하기에 족할 것이다. 따라서 나는 이런 소설의 사례를 위해서 부조리한 의식의 특징을 나타내는 모든 것이 집중되어 있는 작품, 그 출발이 분명하여 그 풍토가 명확한 하나의 작품을 선택할 수 있다. 그 작품의 결과가 우리에게 가르쳐주는 것이 있을 것이다. 만약 거기서 부조리가 존중되지 않는다면, 우리는 어떤 방법으로 환상이 비집고 들어오는가를 알 것이다. 그리하여 하나의 정확한 예, 하나의 주제, 창조자의 성실성으로 충분할 것이다. 이미 내가 길게 언급해온 바와 같은 분석과 동일하다.

나는 도스토옙스키가 좋아한 주제 하나를 살펴보고자 한다. 물론 나는 다른 사람의 작품에 대해 연구할 수도 있었을 것이다.* 그러나 도스토옙스키의 작품에서는 이미 문제 된 바 있는 실존적 사고에서처럼 위대함과 감동이라는 방향에서 문제가 직접적으로 다루어지고 있다. 이러한 대위법(對位法)은 나의 목적에 도움이 된다.

---

* 예를 들면 말로의 작품. 그러나 동시에 부조리한 사고가 피해서는 안 될 사회적 문제에 접근해야만 했을 것이다(설령 사고가 여러 가지 해결과 아주 다른 해결을 제시할 수 있다 하더라도). 그렇지만 문제를 제한해야만 한다. (원주)

키릴로프

도스토옙스키의 모든 주인공은 삶의 의미를 추구한다. 그들이 근대적인 것은 이런 점에서다. 그들은 우스꽝스러운 것을 꺼리지 않는다. 근대적 감수성과 고전적 감수성을 구별 짓는 것은 후자가 도덕적 문제로 자라는 데 비해 전자가 형이상학적 문제로 자란다는 점이다. 도스토옙스키의 소설에서 문제는 극단적인 해결을 강요할 수밖에 없을 만큼 강한 밀도로 제기되어 있다. 존재는 허망한 것이거나 '그렇지 않으면' 영원한 것이다.

만약 도스토옙스키가 이러한 검토에 만족했다면 그는 철학자가 되었을 것이다. 그러나 이러한 정신의 유희가 인간의 삶 속에서 가질 수 있는 결론들을 조명한다는 점에서 그는 예술가이다. 이 결론들 가운데서 그를 사로잡는 최후의 결론은 그 자신이 《작가 일기》

에서 논리적 자살이라고 부른 바로 결론이다. 1876년 12월의 일기에서 그는 사실 '논리적 자살'의 논증을 생각하고 있다. 영원한 삶에 대한 믿음을 갖지 않은 사람으로서 인간의 존재가 완전한 부조리임을 확신하는 사람은 절망적으로 다음과 같은 결론에 도달한다.

"행복의 주제에 관한 나의 의문에 대해 나의 의식을 통해 밝혀지는 대답은 내가 이해할 수 없고 앞으로도 결코 이해할 수 없을 거대한 전체와의 조화에서가 아니면 행복해질 수 없을 것이기 때문에 그러므로 분명히……."

"결국 사물의 범주에서 나는 원고의 역할과 변호인의 역할을, 피고의 역할과 재판관의 역할을 동시에 감당하는 것이기 때문에, 또한 자연의 입장에서 볼 때 이 연극은 완전히 어리석은 것이며, 나로서 이를 받아들이는 것은 굴욕적이라고 생각하기 때문에……."

"원고이면서 변호인, 재판관이면서 피고라는 명백한 자격으로서 나는 그토록 파렴치한 뻔뻔스러움과 함께 나를 고생하게끔 탄생시킨 이 자연을 규탄한다. 나는 자연이 나와 함께 소멸될 것을 선고한다."

이러한 입장에는 아직도 약간의 유머가 섞여 있다. 이 자살자는 형이상학적 면에서 '괴로움을 당했기' 때문에 자살한다. 어떤 의미에서 그는 복수하는 셈이다. 그것은 '쉽사리 지지 않겠다'라는 것을 증명하는 나름의 방식이다. 그렇지만 우리는 이와 똑같은 주제가 논리적 자살의 신봉자인 《악령》 속의 인물 키릴로프에서 가장 훌륭하게 확대되어 구체화되고 있음을 알고 있다. 기사(技士) 키릴로프는 스스로 목숨을 끊으려는 것이 "내 관념"이기 때문이라고 어디선가 고백한다. 이 말을 본래의 뜻으로 받아들여야만 한다는 것은 말할 필요도 없다. 그가 죽음을 위해 준비하는 이유는 하나의 관념, 하나의 사상을 위해서다. 이것은 고차적인 자살이다. 키릴로프의 가면이 조금씩 조금씩 밝아져가는 전 장면을 통해서 그를 움직이는 죽음의 사상이 점차 우리에게 제시된다. 요컨대 이 기사는 《작가 일기》의 논증을 되풀이한다. 그는 신이 필요하다는 것, 그리고 신이 존재하지 않으면 안 된다는 것을 느낀다. 그러나 그는 신이 존재하지도 않으며, 신이 존재할 수도 없다는 것을 안다. "이것으로 자살할 만한 충분한 이유가 있다는 것을 너는 어찌하여 깨닫지 못하는가" 라고 그는 외친다. 이러한 태도는 또한 그에게 몇 개의 부조리한 결과들을 가져온다. 그는 자기가 경멸하는 이유를 위해 자살이 이용되는 것을 무관심하게 받아들인다. "나는 그날 밤 내게는 아무래도 상관없는 일이라고 마음먹었다."

결국 그는 반항과 자유가 뒤섞인 감정 속에서 그의 행동을 준비한다. "나는 나의 불복종, 나의 새롭고 무시무시한 자유를 확인하기 위해 자살할 것이다." 문제는 이미 복수가 아니라 반항이다. 그러므로 키릴로프는 부조리한 인물이다. 다만 자살한다는 본질적인 제한은 있지만. 그러나 그 자신이 이러한 모순을 설명하고 있으며 그렇기 때문에 그는 동시에 부조리한 비밀을 그의 모든 순수성 속에 드러낸다. 결국 그는 그의 죽음의 논리에 특수한 야망을 덧붙이는데, 이 야망은 인물의 전모를 나타내는 것이다. 즉 그는 신이 되기 위해 자살하려는 것이다.

이 논증은 고전적인 명석함을 지니고 있다. 만약 신이 존재하지 않는다면 키릴로프가 신이다. 만약 신이 없다면 키릴로프는 자살하지 않으면 안 된다. 그러므로 키릴로프는 신이 되기 위해 자살해야만 한다. 이러한 논리는 부조리하지만 응당 필요하다. 그러나 흥미로운 것은 땅 위로 끌려 내려온 이 신성에 어떤 의미를 부여하는 일이다. 이것은 "만약 신이 존재하지 않는다면 나는 신이다"라는 아직 애매한 채 남아 있는 전제를 밝히는 것과 다름없다. 우선 이러한 터무니없는 주장을 공언하는 사람이 꼼짝없이 이 세상에 속해 있음을 지적하는 것은 중요하다. 그는 건강을 유지하기 위해 아침마다 체조를 한다. 그는 그의 아내와 재회하는 샤토프의 기쁨에 감동한다. 그가 죽은 후에 발견될 종이 위에 그는 "그들을" 비웃는 그림을 그리고 싶어 한다. 그는 유치하고 성 잘 내고 열정적이며 방법적이고 감각적이다. 초인(超人)으로서 그는 논리와 고정관념을 가지고 있을 뿐, 범인으로서는 만사에 주의를 기울인다. 그러나 바로 그 사람이 자신의 신성에 대해 조용히 말하는 것이다. 그는 광인이 아니다. 그렇지 않으면 도스토옙스키가 광인이다. 따라서 그를 선동하는 것은 과대망상증 환자의 환상이 아니다. 그래서 말을 그 본래의 뜻대로 받아들인다는 것은 이러한 경우에는 우스꽝스러운 일일 것이다.

키릴로프 자신이 우리가 더 잘 이해할 수 있도록 우리를 도와준다. 스타브로긴의 물음에 대해 그는 신인(神人)에 대해서 말하는 것이 아님을 분명히 한다. 이를 그리스도와 자기를 구별하려는 배려라고 생각할 수도 있을 것이다. 그러나 사실은 그리스도를 인간으로 합병하는 것이 문제다. 사실 키릴로프는 죽어가는 예수가 '천국에 있는 것이 아니다'라고 순간 생각한다. 그때 그는 예수의 수난이 쓸데없는 일이었음을 깨달았다.

"자연의 법칙은 그리스도를 기만 가운데 살게 하고 기만을 위해 죽게 했다"라고 기사는 말한다. 단지 이러한 의미에서 예수는 인간의 비극 일체를 훌륭히 구현한다. 그는 가장 부조리한 조건을 실현한 사람이기에 완전인이다. 그는 신인이 아니라 인신(人神)이다. 그리고 그와 마찬가지로 우리도 각자 기만당하여 십자가에 못 박힐 수도 있다. 어떤 점에서는 사실 그렇게 되고 있다.

그러므로 여기서 문제가 되고 있는 신성은 전적으로 지상적인 것이다. "나는 삼 년 동안 나의 신성의 속성을 추구했다. 그리고 나는 그것을 발견했다. 나의 신성의 속성, 그것은 독립이다"라고 키릴로프는 말한다. 이제 "만약 신이 존재하지 않는다면 나는 신이다"라고 한 키릴로프적 전제의 뜻을 알 수 있다. 신이 된다는 것, 그것은 단지 땅 위에서 자유로워진다는 것, 어떤 불멸의 존재도 섬기지 않는다는 것이다. 특히 그것은 말할 필요도 없이 고통에 찬 독립에서 모든 결과를 이끌어낸다는 것이다. 만약 신이 존재한다면, 모든 것은 신에 달려 있으며 우리들은 신의 의지에 반대하여 아무것도 할 수 없다. 만약 신이 존재하지 않는다면 모든 것은 우리에게 달려 있다. 니체에게서와 마찬가지로 키릴로프에게도 신을 죽인다는 것은 그 자신이 신이 되는 것이다. 이것은 이미 복음서가 말하는 영원한 삶을 이 땅에서 실현하는 것이다.*

그러나 만약 이 형이상학적 죄가 인간의 완성에 충분한 것이라면, 왜 거기에 자살을 덧붙이는 것일까? 자유를 정복한 후에 무엇때문에 자살하며 이 세상을 떠나는 것일까? 이것은 모순이다. 키릴로프는 이 모순을 잘 알고 있으며 이렇게 덧붙인다. "만약 네가 이것을 느낀다면 너는 황제이며 자살하기는커녕 영광의 절정에서 살아가게 될 것이다." 그러나 사람들은 이것을 알지 못한다. 그들은 "이것을" 느끼지 못한다. 프로메테우스의 시대와 같이 그들은 그들 자신 속에 맹목적인 희망을 키우는 것이다.** 그들은 길을 인도받을 필요가 있으며 설교 없이는 살아갈 수가 없다. 그러므로 키릴로프는 인류에 대한 사랑으로 자살하지 않으면 안 된다. 그는 형제들에게 스스로 선두를 달리는 고난에 찬 왕도(王道)를 보여주지 않으면 안 된다. 이것은 하나의 교육적인 자살이다. 따라서 키릴로프는 자기를 희생시킨다. 그러나 그는 십자가에 못 박힐지라도 기만당하지 않을 것이다. 그러나 그는 미래가 없는 죽음을 확신하며 복음적 우수에 사로잡힌 인신에 머무른다. 그는 말한다. "나는 나의 자유를 확인하지 않으면 안 되기 때문에 불행하다"라고. 그러나 그가 죽고 마침내 사람들이 빛을 얻게 되어, 이 땅은 황제로 가득 찰 것이고 인간

---

* 스타브로긴: "당신은 저세상에서의 영원한 삶을 믿습니까?"
  키릴로프: "아니요. 하지만 이 세상에서의 영원한 삶을 믿습니다." (원주)
** "인간은 자살하지 않기 위해 신을 고안해낸 것에 지나지 않는다. 이것이 현재까지의 우주 역사의 요약이다." (원주)

적 영광으로 빛날 것이다. 키릴로프의 권총 한 발은 궁극적 혁명의 신호가 될 것이다. 이처럼 그를 죽음으로 몰고 간 것은 절망이 아니라 자기 자신을 위한 이웃에 대한 사랑이다. 피가 흐르는 가운데 말로 형용할 수 없는 정신적 모험을 죽음으로써 끝마치기 전에 키릴로프는 인간의 고통만큼 오래된 한마디 말을 하는 것이다. "모든 것이 좋다"라고.

그러므로 도스토옙스키에게 이러한 자살의 주제는 확실히 부조리한 주제이다. 다만 더 앞으로 나아가기 전에 키릴로프가 새로운 부조리한 주제를 가져오는 다른 인간들 속에 재생한다는 점을 주목하기로 하자. 스타브로긴과 이반 카라마조프는 실생활 속에서 부조리한 진리를 실현한다. 키릴로프의 죽음이 해방시킨 것은 바로 그들이다. 그들은 황제가 되고자 한다. 스타브로긴은 우리가 다 알고 있는 '아이러니'한 삶을 이끌어간다. 그는 그 주위에 증오를 불러일으킨다. 그럼에도 이 인물의 비밀을 푸는 열쇠어는 그의 유서 속에 있다. "나는 아무것도 증오할 수가 없다." 그는 무관심 속에서 황제가 되었다. 이반 역시 정신적 왕권을 포기할 것을 거부함으로써 황제가 된다. 그의 형제처럼 믿기 위해서 자기를 낮추지 않으면 안 되는 것을 생활로써 증명하는 사람들에게 그는 조건이 비열하다고 대답할 수 있을 것이다. 그의 열쇠어는 적당한 비애의 뉘앙스가 섞인 "모든 것이 허용되어 있다"라는 말이다. 물론 가장 유명한 신의 암살자인 니체와 같이 그는 광기 속에서 죽고 만다. 그러나 이것은 겪어야 할 위험이며 이 비극적 종말 앞에서 부조리한 정신의 본질적

반응은 "이것은 무엇을 증명하는 것인가?"라고 묻는 데 있다.

*

이리하여 그의 소설은 《작가 일기》와 마찬가지로 부조리한 문제를 제기한다. 이 소설들의 죽음에 이르는 논리, 열광, '무서운' 자유, 인간적인 것이 된 황제의 영광을 건설한다. 모든 것이 좋고, 모든 것이 허용되어 있으며, 증오할 것이 아무것도 없다. 이것은 부조리한 판단이다. 그러나 불과 얼음의 이 존재들이 그처럼 우리에게 정답게 보이는 이 창조는 얼마나 놀라운 창조인가! 그들의 마음속에서 으르렁거리는 무관심의 격렬한 세계는 우리에게 조금도 기괴한 것으로 보이지는 않는다. 우리는 거기서 우리의 나날의 고뇌를 재발견하는 것이다. 그리하여 도스토옙스키처럼 그토록 친밀하고 그토록 슬프게 하는 마력을 부조리한 세계에 준 사람은 아마 한 사람도 없었을 것이다.

그러나 그의 결론은 무엇인가? 두 개의 인용은 작가를 다른 계시로 끌고 가는 완전한 형이상학적 전도(顚倒)를 보여줄 것이다. 논리적 자살의 논증이 비평가들의 항의를 유발하자 도스토옙스키는 《작가 일기》의 다음 호에서 자신의 입장을 밝히며 이렇게 결론짓고 있다. "영원한 삶에 대한 믿음이 인간 존재에 그토록 필요한 것은 (그것 없이는 자살하지 않을 수 없을 정도로) 그 믿음이 인간의 정상적인 상태이기 때문이다. 그러기 때문에 인간 영혼의 불멸은 의심할 여지 없이 분명한 것이다." 한편 그의 마지막 소설 마지막 페이지에서 신과의 거대한 싸움 끝에 어린애들은 알료샤에게 묻는다. "카라마조프, 종교가 말하는 것은 사실인가요, 우리가 죽은 자 가운데서 소생하고, 다시 서로 만나게 된다는 것이?" 알료샤는 대답한다. "물론이지. 우리는 다시 서로 만나 지나간 모든 것을 즐겁게 이야기할 거야."

이처럼 키릴로프와 스타브로긴과 이반은 패배한다. 《카라마조프가의 형제들》이 《악령》에 대답한다. 이것이 확실한 결론이다. 알료샤의 경우는 무슈킨 공작의 경우와 같이 모호하지 않다. 병든 무슈킨 공작은 영원한 현재 속에 살고 있으며 미소와 무관심의 뉘앙스를 지니고 있다. 이러한 행복의 상태는 공작이 말하는 영원한 삶이 될 수도 있을 것이다. 그와 반대로 알료샤는 분명히 말한다. "우리들은 서로 다시 만날 것이다." 자살과 광기는 이제 더는 문제가 되지 않는다. 영원한 삶과 그 기쁨을 확신하는 사람에게 그런 것이 무슨 소용이 있겠는가? 인간은 그의 신성을 행복과 바꾼다. "우리들은 지나간 모든 것들을 즐겁게 이야기할 것이다." 그리하여 다시 키릴로프의 권총은 러시아 어디선가 울렸으나 세상은 맹목적인 희망을 계속 굴리고 있다. 사람들은 '이것을' 이해하지 못한 것이다.

그러므로 우리에게 말하고 있는 것은 부조리한 소설가가 아니라 실존적 소설가이다. 여기서도 역시 비약은 감동적이고 비약을 불러일으키는 예술에 그 위대성을 부여한다. 이것은 회의에 차 있고 불안하며 열렬하고 눈물겨운 동의다. 《카라마조프가의 형제들》에 대해 말하면서 도스토옙스키는 다음과 같이 썼다. "이 책의 전편(全篇)에서 추구하게 될 주요 문제는 내가 일생을 통해 의식적으로 혹은 무의식적으로 괴로워했던 문제, 즉 신의 존재에 대한 문제이다." 하나의 소설이 전 생애의 괴로움을 즐거운 확신으로 변화시키기에 충분했다고 믿기는 어려운 일이다. 어느 주석자*는 올바르게 그 점을 지적하고 있다. 즉 도스토옙스키는 이반과 연결된 부분이 있다. 그리하여《카라마조프가의 형제들》가운데 긍정적인 장(章)들은 3개월간의 노력을 도스토옙스키에게 요구한 데 비해 그의 이른바 '신성모독'의 장들은 3주 만에 열광 속에서 완성된 것이다. 그의 인물 가운데는 살 속에 박힌 가시를 지니고 있지 않거나 그 가시를 자극하지 않는 사람, 또는 관능이나 배덕 속에서 이에 대한 해결책을 찾지 않는 사람은 단 하나도 없다.** 아무튼 이러한 회의에 머물러 있기로 하자. 여기에 낮의 빛보다 더 강하게 사로잡는 명암 속에 희망과 싸우는 인간의 투쟁을 포착할 수 있는 작품이 있다. 끝부분에 이르러서 작가는 그 인물들과 상반되는 선택을 한다. 이러한 모순은 그리하여 어떤 미묘한 뉘앙스를 도입한다. 여기서 문제가 되는 것은 부조리한 작품이 아니라 부조리한 문제를 제기하는 작품이다.

도스토옙스키의 대답은 굴욕, 스타브로긴을 통한다면 '부끄러움'

---

* 보리스드 슐뢰제르 (원주)

** 앙드레 지드의 흥미롭고 날카로운 지적, 즉 도스토옙스키의 거의 모든 주인공은 다처자(多妻者)들이다. (원주)

이다. 그와 반대로 부조리한 작품은 답을 주지 않는다. 여기에 모든 차이가 있다. 끝으로 이 점을 주의하도록 하자. 이 작품에서 부조리를 부정하는 것은 작품의 기독교적 성격이 아니라 미래의 삶에 대한 예고이다. 사람은 기독교도이며 동시에 부조리일 수 있다. 미래의 삶을 믿지 않는 기독교도의 예는 얼마든지 있다. 그러므로 예술 작품에 관해 앞의 페이지에서 예감할 수 있었던 부조리한 분석의 방향 가운데 하나를 밝힌다는 것은 가능할 것이다. 이 분석은 '복음서의 부조리성'을 설정하는 데 이른다. 그것은 확신이 무신앙을 방해하지 않는다는, 새로운 전개를 깊이 가질 수 있는 관념을 밝혀준다. 그와 반대로 《악령》의 작가는 이러한 길에 익숙하면서도 끝내는 완전히 다른 길을 택했다는 것을 분명히 알 수 있다. 인물들에 대한 작가의 대답, 키릴로프에 대한 도스토옙스키의 놀라운 대답은 결국 다음과 같이 요약될 수 있다. "존재는 허망하다. **그리고** 그것은 영원하다"라고.

내일 없는 창조

그러므로 나는 희망은 영원히 기피할 수 없는 것이며, 거기에서 해방되고자 바라는 사람들까지도 귀찮게 할 수 있다는 것을 이제 알게 되었다. 이 사실은 지금까지 문제 삼아왔던 작품들 속에서 내가 찾고 있는 관심사이다. 나는 적어도 창조의 세계에서 참으로 부조리한 몇몇 작품들을 열거할 수도 있다.* 그러나 만사에는 시초가 있어야 한다. 이 탐구의 목적은 어떤 성실성이다. 교회가 이교도들에게 그토록 가혹했던 것은 길 잃은 어린 양보다 더 나쁜 적(敵)은 없다고 생각했기 때문이다. 그러나 그노시스파**의 대담한 역사와 당시 마니교***의 완강함은 정통적 교의의 확립을 위해 어떤 기도보

---

* 예를 들면, 멜빌의《모비 딕》(원주)

다 더 많은 일을 해왔다. 모든 관계를 감안해볼 때 부조리에서도 이와 마찬가지이다. 사람들은 부조리에서 멀어져가는 길을 발견함으로써 부조리의 길을 되찾는다. 부조리한 논증의 끝에 이르러서 그 논리가 시사하는 태도 가운데 하나에서 가장 비장한 어느 모습으로 아직 스며들어오고 있는 희망을 다시 발견한다는 것은 무관한 일이 아니다. 이것은 부조리한 고행의 어려움을 보여준다. 특히 이것은 끊임없이 지속되어야 하는 의식의 필요성을 보여주며 이 시론의 전반적인 범위와 일치한다.

그러나 아직 부조리한 작품을 열거하는 것이 중요한 것이 아니라면, 적어도 부조리한 존재를 완성시킬 수 있는 태도 중의 하나인 창조적인 태도에 관해 결론지을 수 있을 것이다. 부정적 사고만큼 예술에 이바지하는 것은 없다. 그러한 부정적 사고의 애매모호하고 겸손한 태도가 한 위대한 작품의 이해에 필요하다는 것은 마치 흑이 백에 필요한 것과 마찬가지다. '아무 목적 없이' 일하고 창조하는 것, 찰흙에 조각하는 것, 자신의 창조가 미래를 지니고 있지 않다는 것을 아는 것, 자신의 작품이 여러 세기를 위해 세울 만한 아무런 중요성도 없음을 깊이 의식하면서, 하루 사이에 자기 작품이 파괴됨을 보는 것, 이것이 부조리한 사고가 정당화되는 험난한 예지이다. 이러한 두 가지 노력을 동시에 하는 것, 한편으로 부정하고 다른 한

** 신의 속성과 신앙을 인식할 수 있다고 주장한 주지주의파 (옮긴이 주)
*** 신과 악마의 이원론을 믿은 이단적인 교파

편으로 열광하는 것, 이것이 부조리한 창조자에게 열리는 길이다. 그는 허공에 색칠을 해야만 하는 것이다.

이것은 예술 작품에 대한 특수한 개념으로 연결된다. 사람들은 흔히 한 작가의 작품을 개별적인 증언의 연속으로 간주한다. 이때 예술가와 문학가를 혼동하게 된다. 심오한 사고는 계속적인 생성 가운데 있으며, 삶은 경험과 결합되고 거기서 형성된다. 이와 마찬가지로 한 인간의 유일한 창조는 그의 작품인 계속적이고도 다양한 모습들 가운데서 다져진다. 그 모습들은 서로 보충하고 수정하며, 혹은 철회하고 부정하기도 한다. 만약 무엇인가 창조를 멈추게 한다면, 그것은 눈먼 예술가의 "나는 모든 것을 말했다"라는 의기양양하고도 환상적인 외침이 아니라, 그의 경험과 천부적 재능의 작품을 닫아버리는 창조자의 죽음이다.

이 노력, 이 초인적인 의식은 반드시 독자에게 나타나는 것은 아니다. 인간의 창조에 신비로움은 없다. 의지가 그 기적을 만든다. 그러나 적어도 비밀이 없이는 참다운 창조란 없는 것이다. 틀림없이 일련의 작품은 동일한 사고의 근사치 이외의 것은 될 수 없다. 그러나 병치를 통해 작업하는 다른 종류의 창조자를 상상할 수가 있다. 그들의 작품은 상호 간에 아무 관련이 없는 것처럼 보일 수도 있다. 어떤 점에서는 서로 모순되기도 한다. 그러나 전체 속에 놓일 때 작품은 그들의 질서를 회복한다. 이렇듯 그 작품들이 결정적인 뜻을 받아들인다는 것은 죽음을 통해서다. 작품들은 저자 생애의 가장 밝은 빛을 받게 된다. 이때 계속되는 그의 작품은 실패의 수집에 불과하다. 그러나 만약 이 실패가 각기 같은 울림을 간직한다면 창조자는 그 자신의 상태의 이미지를 반복하고, 그가 소유한 불모의 비밀이 울려 퍼지게 하는 것이다.

여기에서 지배의 노력은 대단한 것이다. 그러나 인간의 지성은 더 큰 것에 응할 수 있다. 지성은 창조의 의식적 측면만을 보여줄 뿐이다. 나는 다른 곳에서 인간의 의지가 의식을 지탱하는 것 외에 다른 목적이 없다는 것을 밝힌 바 있다. 그러나 이것은 훈련 없이는 이루어질 수 없는 것이다. 인내와 명철성의 모든 유파 중에서 창조는 가장 효과적인 유파이다. 창조는 또한 인간의 유일한 존엄성의 파격적인 증언이다. 즉 인간 조건에 대한 집요한 반항, 그리고 불문의 것으로 되어버린 노력에서의 끈기이기도 하다. 창조는 나날의 노력, 자신의 억제력, 진리의 한계에 대한 정확한 판단, 그리고 절도의 힘을 요구한다. 그것은 그 자체로 하나의 고행을 이룬다. 이 모든 것은 '아무것도 아닌 것을 위해서' 반복하고 발버둥 치기 위한 것이다. 그러나 아마도 위대한 예술 작품은 작품 그 자체 속에 중요성이 있다기보다는 오히려 그것이 인간에게 요구하는 시련과 그 환영을 극복하여 적나라한 그의 현실에 더 가까이 접근할 수 있도록 그에게 기회를 제공한다는 점에서 중요하다.

*

독자는 미학적인 것에 대해 오해하지 말기를 바란다. 내가 여기서 내세우는 것은 어떤 명제의 끈기 있는 조사, 끊임없는 불모의 해설이 아니다. 내가 명확히 나의 뜻을 설명한 것이라면, 오히려 그 반대이다. 경향 소설, 무엇인가를 증명하려는 가장 혐오할 만한 작품은 대개의 경우 '스스로 만족하는' 사상을 본받고 있다. 소유하고 있다고 믿고 있는 진리를 사람들은 보여준다. 거기에서 사람들이 조작하고 있는 것은 관념들인데, 그러한 관념들은 사고의 반대다. 이러한 창조자들은 수치스러운 철학자들이다. 내가 말하고자 하고 생각하고자 하는 창조자들은 그와 반대로 명철한 사상가들이다. 사고가 자기 자신에게로 되돌아오는 어떤 지점에서 그들은 한정되고 죽을 수밖에 없는, 그리고 반항적인 사고의 명철한 상징으로서 그들 작품의 이미지를 만들어낸다.

이 작품들은 아마 무엇인가를 증명할 것이다. 그러나 소설가들은 이 증명을 남들에게 제공하기보다는 자기 자신에게 부여한다. 본질적인 것은 그들이 구체적인 것 속에서 승리를 거두며 바로 그러한 점에 그들의 위대성이 있다. 전적으로 관능적인 이 승리는 추상적 권력이 굴복하는 사고를 통해 그들에게 마련되어왔다. 그 추상적 힘들이 완전히 굴복할 때 육체는 동시에 부조리한 광채로서 창조를 다시 빛나게 한다. 열정적인 작품을 만드는 것은 바로 이 아이러니한 철학이다.

통일성을 포기하는 모든 사고는 다양성을 고취한다. 그리하여 이 다양성이야말로 예술의 바탕이다. 정신을 해방하는 유일한 사고는 정신이 자신의 한계와 다가올 목표를 확실하게 하며 홀로 내버려두는 사고이다. 어떠한 교의도 이 정신을 선동하지 못한다. 정신은 작품과 삶의 성숙을 기다린다. 이 정신에서 떨어져 나온 최초의 작품은 영원히 희망에서 벗어난 영혼의 어렴풋한 소리를 다시 한번 더 들려줄 것이다. 또는 만약 그의 장난에 지친 창조자가 돌아서버리고자 한다면, 그 작품은 아무것도 들려주지 않을 것이다. 그것은 결국 매한가지이다.

*

이리하여 나는 내가 사고에 요청했던 것, 즉 사고, 반항, 자유, 다양성을 부조리한 창조에 요구한다. 부조리한 창조는 곧이어 그 깊은 무용성을 나타낼 것이다. 지성과 정열이 서로 섞이고 침투되는 이 나날의 노력 속에서 부조리한 인간은 그 힘의 본질을 이루는 규율을 발견한다. 이리하여 거기에 필요한 열중과 고집과 통찰이 정복자의 태도와 결합된다. 창조한다는 것, 그것은 자기의 운명에 한 형태를 부여하는 것이다. 이들 모든 인물에게 그들의 작품은 적어도 그들이 작품을 정의하는 만큼 그들을 정의한다. 배우가 우리에게 외양과 존재 사이에는 경계가 없다는 것을 가르쳐준 바 있다.

다시 한번 반복하자. 이 모든 것에는 아무런 현실적 의미가 없다. 이 자유의 길 위에는 아직도 이룩해야 할 전진이 있다. 같은 현실의 정신들, 창조자나 정복자에게 마지막 노력은 자기의 기도(企圖)에서도 역시 해방될 줄 아는 데 있다. 다시 말하면 정복이든 사랑이든 창조이든 간에 작품 그 자체는 존재하지 않을 수도 있다는 것을 인정하기에 이르며, 이리하여 개인의 전 생애의 깊은 무용성을 성취하게 된다. 이러한 것 자체가 마치 삶의 부조리성을 알아내는 것이 그들이 열광적으로 삶 속에 뛰어들게 한 것과 같이 그들에게 이러한 작품의 성취를 더 쉽게 해준다.

남은 것은 운명이며, 유일한 해결 방법은 숙명적이다. 죽음이라는 유일한 숙명을 제외하고는 기쁨, 행복, 결국 그 모든 것이 자유이다. 인간이 유일한 주인인 세계가 남을 뿐이다. 인간을 결박했던 것, 그것은 다른 세계에 대한 환상이었다. 인간 사고의 운명은 스스로를 포기하는 것이 아니라, 이미지 속에 새로운 전개를 드러내는 데 있다. 이 사고는 아마도 신화 속에서이지만, 그러나 인간 고뇌의 깊이 이외의 다른 깊이가 없는 신화, 인간의 고뇌처럼 무한한 신화를 즐긴다. 사람을 즐겁게 하고 눈멀게 하는 우화가 아니라 까다로운 예지와 내일이 없는 정열이 요약된 지상의 얼굴, 몸짓, 드라마다.

시지프 신화

신들은 시지프에게 바위를 산꼭대기까지 끊임없이 굴려 올리는 형벌을 과하였다. 그러나 이 바위는 그 자체의 무게로 다시 산꼭대기에서 굴러떨어지기 마련이었다. 무익하고도 희망 없는 일보다 더 무서운 형벌은 없다고 신들이 생각한 것은 일리 있었다.

　호메로스의 말을 믿는다면, 시지프는 인간 중에서 가장 현명하고 신중한 사람이었다. 그러나 또 다른 전설에 따르면, 그는 주로 산적으로 살았다고 한다. 나는 이 두 이야기에 아무런 모순이 없다고 본다. 그가 지옥의 무익한 노동자가 되게 한 원인에 관해서는 갖가지 의견이 있다. 첫째로 그는 신들을 경시했다는 비난을 받는다. 그가 신들의 비밀을 누설했다는 것이다. 아소포스의 딸 아이기나를 유피테르가 유괴했다. 아이기나의 아버지는 딸의 행방불명에 놀라 시지프에게 호소하였다. 이 납치 사건을 알고 있던 시지프는 코린토스 성채에 물을 대어준다는 조건으로 사실을 아소포스에게 가르쳐주기로 했다. 시지프는 하늘의 벼락보다도 물의 혜택을 더 받고 싶었던 것이다. 이 때문에 그는 지옥에서 형벌을 받게 되었다. 호메로스는 또한 시지프가 **죽음의 신**을 쇠사슬로 묶어놓았다는 이야기도 역시 우리에게 말해주고 있다. 플루톤*은 그의 왕국이 황량하고 조용해진 광경을 보고 참을 수가 없었다. 그는 전쟁의 신을 급히 파견하여 죽음의 신을 그 정복자의 손에서 해방시켰다.

또 전해지는 말로는, 시지프가 죽어가고 있을 때 경솔하게도 아내의 사랑을 시험해보려 했다고 한다. 그는 자기 시체를 파묻지 말고 광장 한복판에 던져버리도록 아내에게 명령하였다. 시지프는 지옥에 다시 떨어졌다. 인간적인 사랑과는 그렇게도 반대되는 그녀의 복종에 분격하여 시지프는 그의 아내를 벌하기 위해 플루톤에게서 지상으로 되돌아가는 것을 허락받았다. 그러나 또다시 이 세상의 모습을 보고, 물과 태양, 그리고 뜨거운 바위와 바다를 맛보았을 때, 지옥의 어둠 속으로 되돌아가고 싶지 않았다. 소환도, 분노도, 경고도, 아무 소용이 없었다. 여러 해 동안 해안선, 눈부신 바다 그리고 대지의 미소 앞에서 살았다. 신들은 그를 체포하는 수밖에 없었다. 메르쿠리우스가 와서 이 대담한 사나이의 목덜미를 잡고 그의 기쁨을 빼앗은 다음, 그의 바위가 이미 준비되어 있는 지옥으로 강제로

---

* 그리스 신화의 '하데스'에 해당하는 지옥의 신

끌고 갔다.

　이미 우리는 시지프가 부조리한 영웅이란 것을 이해했다. 그는 자신의 열정뿐만이 아니라 그의 고뇌 때문에 부조리한 영웅이다. 신들에 대한 그의 멸시, 죽음에 대한 증오, 사려에 대한 열정은 온갖 존재가 아무것도 성취할 수 없는 것에 노력해야 하는 형용할 수 없는 형벌을 초래했다. 이것이 그가 이 대지의 열정을 위해 지불해야 할 대가이다. 지옥에서의 시지프에 관해서는 아무것도 전해지지 않는다. 신화란 상상력에 생기를 불러일으키도록 만들어진다. 시지프 신화에서는 다만 거대한 돌을 들어 올리지만 다시 굴러떨어지는, 그리하여 몇백 번 되풀이하여 올리려는 긴장된 육체의 노력이 보일 뿐이다. 경련하는 얼굴, 바위에 비벼대는 뺨, 진흙으로 덮인 돌덩어리를 떠받드는 어깨, 그 돌덩어리를 멈추게 하기 위해 버티는 다리, 그 돌을 꽉 쥐고 있는 팔 끝, 흙투성이가 된 인간의 믿음직한 두 손이 보인다. 하늘이 없는 공간과 깊이 없는 시간으로 측정되는 이 긴 노력 끝에 목표는 달성된다. 그때 시지프는 돌이 순식간에 하계(下界)로 또다시 굴러떨어지는 것을 보며, 다시 돌을 산꼭대기로 끌어올려야만 한다. 그는 다시 들로 내려간다.

　시지프가 나의 관심을 끄는 점은 그의 되돌아옴, 그 짧은 정지의 시간이다. 바위 바로 곁에서 괴로워하는 모습은 이미 바위 그 자체다. 나는 이 인간이 무거운, 그러나 종말을 모르는 고통을 향해 똑같은 걸음으로 다시 내려가는 것을 본다. 호흡과도 같은 이 시간, 그리고 그의 불행처럼 어김없이 되찾아오는 이 시간, 이 시간은 의식의 시간이다. 그가 산꼭대기를 떠나 조금씩조금씩 신들의 은신처로 내려가는 순간순간에 시지프는 자신의 운명보다 우세해진다. 그는 바위보다 더 굳세다.

이 신화가 비극적이라면, 주인공인 영웅이 의식적이기 때문이다. 만약 걸음을 옮길 때마다 성공의 희망이 그를 지지한다면 그의 고통은 과연 어디에 있겠는가? 오늘날의 노동자들은 그 삶의 매일매일을 같은 일에 종사하는데, 그 운명도 역시 부조리이다. 그러나 그들이 의식적이 되는 그 드문 순간에만 비극적이다. 신들의 프롤레타리아인 무력하고도 반항적인 시지프는 그의 비참한 조건의 전모를 알고 있다. 산에서 내려오는 동안 그가 생각하는 것은 바로 이 비참한 조건이다. 아마도 그가 겪는 괴로움의 근원인 그 통찰이 동시에 그의 승리를 완성한다. 멸시로 극복되지 않는 운명은 없는 법이다.

*

이와 같은 하산(下山)이 어느 날 고통 속에서 이루어졌다면, 또한 기쁨 속에서도 이루어질 수 있다. 이 말은 결코 지나치지 않다. 나는 아직도 그의 바위로 되돌아가는 시지프를 상상해본다. 그리하여 고통은 이미 시작되었다. 이 대지에 대한 이미지가 기억에 너무나도 생생할 때, 행복의 부름이 너무도 강렬할 때, 슬픔은 인간의 마음속에서 머리를 쳐들게 된다. 즉 이것이 바위의 승리이며, 바위 그 자체다. 엄청난 비탄은 견디기에 너무나 힘들다. 이것은 우리가 맞이하는 겟세마네의 밤이다. 그러나 사람을 짓누르는 진리도 그 정체가 인식되면 소멸된다. 이렇듯 오이디푸스도 처음에는 알지 못하고 운명에 복종한다. 그 운명을 안 순간부터 그의 비극은 시작된다. 그러나 같은 순간에 눈이 멀고 절망한 그는 자기를 이 세상과 연결하는 유일한 끈이 젊은 딸의 건강한 팔이라는 것을 깨닫는다. 이때 터무니없는 말이 들려온다.

"이렇게 많은 시련에도 나의 고령과 내 영혼의 위대성은 내가 모든 것이 좋다고 판단하게 한다." 이렇듯 소포클레스의 오이디푸스는 도스토옙스키의 키릴로프처럼 부조리한 승리에 관한 문구를 제시한다. 고대의 예시가 현대의 영웅주의와 결합한다.

행복에 대한 안내서를 써보지 않고서는 부조리를 발견하지 못한다. "아니, 뭐라고! 그렇게 좁은 길을 통해서?" 그러나 세계는 단 하나뿐이다. 행복과 부조리는 같은 땅의 두 아들이다. 이들은 서로 떨어질 수 없다. 잘못은 행복이 필연적으로 부조리한 발견에서만 생긴다고 말하는 데 있을 것이다. 부조리한 감정도 마찬가지로 행복에서 태어난다. "나는 모든 것이 다 좋다고 판단한다"라고 오이디푸스는 말한다. 이 말은 신성하다. 이 말은 인간의 잔인하고 한정된 세계 속에서 울린다. 이 말은 모든 것이 소모되지 않았고 소모된 일도 없었다는 것을 가르친다. 이 말은 불만과 무익한 고통에 대한 흥미를 가지고 이 세계로 들어온 신을 이 세계에서 추방한다. 그 한마디가 인간들 사이에서 규칙을 지켜야만 할 인간의 문제를 운명으로 만든다.

　시지프의 말 없는 모든 기쁨이 거기에 있다. 그의 운명은 곧 그의 것이다. 그의 바위는 그의 것이다. 이와 마찬가지로 부조리한 인간은 자기의 고통을 바라볼 때, 모든 우상을 침묵하게 한다. 갑자기 침묵으로 돌아간 우주 가운데서 무수한 감탄의 작은 목소리가 대지에서 솟아오른다. 무의식적이고도 비밀스러운 부름, 모든 모습의 초청은 승리의 필연적인 이면이며 대가이다. 그림자 없는 태양은 없으며, 밤을 겪지 않으면 안 된다. 부조리한 인간은 긍정적으로 대답하며, 그의 노력은 끝이 없을 것이다. 개인적인 운명은 있지만, 그 운명이 숙명적이고 경멸해야 할 것으로 판단되는 것이 있을 뿐, 더 우월하거나 더 열등한 운명은 없다. 그 외의 것에 관한 한 인간은 자신이 일상생활의 주인이라는 것을 안다. 인간이 그 삶으로 되돌아가는 이 미묘한 순간, 그의 바위로 되돌아오는 시지프는 자신이 창조하고, 기억의 눈길 아래 통일되고, 곧 죽음을 통해 봉인될 그의 운명이 되는 연결 없는 이 행위의 연속을 바라본다. 그리하여 인간적인 모든 것이 모든 인간의 근원을 확신하면서, 보고 싶지만 밤은 끝이 없다는 것을 아는 이 장님, 시지프는 늘 발걸음을 옮기고 있다. 바위는 또다시 굴러떨어진다.

　나는 시지프를 산기슭에 내버려둔다! 우리는 언제나 그의 짐을 다시 발견한다. 그러나 시지프는 신들을 부인하고 바위를 들어 올리는 뛰어난 성실성을 가르쳐준다. 그도 역시 모든 것이 좋다고 판단한다. 이제부터 주인 없는 이 우주는 그에게 불모의 것도 하찮은 것도 아니다. 이 돌의 부스러기 하나하나, 어둠으로 가득 찬 산의 광물적인 광채 하나하나가 그에게는 오직 하나의 세계를 형성한다. 산꼭대기로 향한 투쟁 그 자체가 사람의 마음을 가득 채우기에 충분하다. 행복한 시지프를 상상해보아야 한다.

부록 프란츠 카프카의 작품에서
희망과 부조리*

카프카의 모든 예술은 독자가 다시 한번 더 읽지 않을 수 없게 만든다. 작품의 결말 혹은 결말의 결여는 설명을 암시해주지만, 이 설명은 뚜렷이 나타나 있지 않으며, 그 근거를 드러내기 위해서 이야기는 새로운 각도에서 다시 읽지 않을 수 없다. 때로는 두 가지 해석이 가능하며, 그러기에 두 번 읽어야 할 필요성이 생긴다. 이것이 저자가 추구한 바다. 그러나 카프카에게 모든 세부 사항을 해석하려

---

*   여기 부록으로 발표하는 프란츠 카프카에 대한 연구는《시지프 신화》초판에서는
도스토옙스키와 자살에 관한 장(章)으로 대치되어 있었다. 그러나 이 카프카의 연
구는 1943년《알바레트(*l'Arbalète*)》에 발표된 바 있다. 독자는 다른 관점하에서 도
스토옙스키에 관한 글들이 이미 다루고 있는 부조리한 창조의 비평을 여기서 재
발견하게 될 것이다. (프랑스판 편집자주)

는 것은 잘못이다. 상징은 항상 일반적인 것 가운데 있으며, 그 해석이 아무리 정확하더라도 예술가는 거기서 그 죽음만을 복원할 뿐이다. 말하자면 한 마디 한 마디가 그대로 옮겨질 수 없는 것이다. 게다가 상징적 작품보다 더 이해하기 어려운 것은 없다. 상징은 그 것을 사용하는 사람을 넘어서며, 그가 실상 의식적으로 설명하려는 것 이상으로 말하게 한다. 이 점에서, 상징을 파악하는 가장 확실한 방법은 그것을 자극하지 않을 것, 선입견 없는 정신으로 작품 읽기에 착수할 것, 그리고 그 은밀한 흐름을 추구하지 않을 것 등이다. 특히 카프카에게는 그의 수법에 동의하고 외양을 통해서, 드라마의 형식으로 소설에 접근하는 것이 옳은 방법이다.

언뜻 보기에는, 그리고 초탈한 독자에게 카프카의 작품들은 결코 그들이 표명하지 않는 문제를 집요하게 추구하는 위태로운 인물들을 사로잡은 어떤 불안스러운 모험이다. 《소송》에서 요제프 K는 고소당한다. 그러나 그는 무엇 때문에 고소당했는지를 모른다. 물론 그는 변호하고자 하지만 그는 그 이유를 모른다. 변호사들은 난처한 처지가 된다. 그동안에도 그는 사랑하고 먹고, 신문을 읽는 따위의 일을 소홀히 하지 않는다. 그러고는 재판을 받는다. 그러나 법정은 아주 어둡다. 그는 대수로운 일로 생각하지 않는다. 오직 그는 유죄 선고를 받았다고 생각할 뿐이지 어떤 판결인지는 거의 생각하지 않는다. 때때로 그 일에 대해서 의심을 품기도 하지만 계속 살아간다. 그들은 대단히 정중하게 그를 가망 없는 어느 교외로 끌고 가서 돌 위에 머리를 찍어 죽인다. 죽기 전에 그 수형자는 "개처럼"이라는 말 한마디를 내뱉었을 뿐이다.

가장 감각적인 성질이 아주 자연스럽게 보이는 이 이야기에서 상징을 말하는 것은 곤란하다는 것을 깨닫게 된다. 그러나 자연스러움은 이해하기 어려운 범주이다. 사건이 독자에게 자연스럽게 보이는 작품이 있다. 그러나 작중 인물이, 물론 훨씬 드물지만 자기에게 일어나는 사건을 자연스럽게 보는 그런 작품들도 있다. 기묘한 그러나 명백한 역설로 작중 인물의 모험이 이상하면 이상할수록 이야기는 더욱 자연스럽게 느껴질 것이다. 즉 자연스러움은 인간 삶의 낯섦과 이를 받아들이는 인간의 단순성 사이에서 느껴지는 것을 따로 어울리게 하는 일이다. 이러한 자연스러움이 곧 카프카의 자연스러움이다.

그리하여 우리는《소송》이 말하려고 하는 것이 무엇인가를 분명히 느낀다. 사람들은 인간 조건의 이미지에 관해 말한다. 아마도 그럴 것이다. 그러나 그 이미지는 가장 단순하며 동시에 가장 복잡하다. 나는 이 소설의 의미가 카프카에게 가장 특수하며 가장 개인적인 것이라고 말하고 싶다. 어느 정도, 그가 우리들의 일을 고백하고 있다 하더라도 말하는 것은 그 자신이다. 그는 살고 있으며 유죄 선고를 받았다. 그는 이 세상에서 추구하는 소설의 첫 페이지에서부터 이 사실을 알고 있는데, 그 상황을 고치고자 시도하더라도 놀라운 일이 아니다. 그는 이 놀라움이 없다는 사실에 대해 결코 놀라지 않을 것이다. 부조리한 작품의 최초의 징조를 다시 알게 된다는 것은 바로 이 모순에서다. 구상 속에 그의 정신적 비극을 투영한다. 그리하여 다만 공허를 표현하는 힘을 색채에서 부여해주며 영원한 야망을 번역할 힘을 일상생활의 행동에 부여하는 영속적인 역설을 통해서만 그렇게 할 수 있다.

*

이와 마찬가지로《성》은 아마도 행동으로 옮겨진 신학일 것이다. 그러나 이 작품은 무엇보다도 먼저 은총을 구하는 영혼이 지닌 이 세상의 모든 사물 가운데서 장엄한 비밀을, 여자들 안에서 잠든 신의 징후를 그 여자들에게서 찾는 한 인간의 개인적인 모험이다.《변신》에서도 확실히 명석의 윤리학은 무서운 이미지를 그려낸다. 그러나 또한 쉽게 자기가 동물이 된 것을 느끼는 인간이 경험하는 이 예측할 수 없는 경탄의 소산이기도 하다. 카프카의 비밀은 근본적인 모호성에 존재한다. 자연스러움과 비범함, 개인과 보편, 비극적인 것과 일상적인 것, 그리고 부조리와 논리 사이에 있는 이 끊임없는 동요가 그의 전 작품을 통해서 재발견되며 그 반향과 함께 의미를 주고 있다. 부조리한 작품을 이해하기 위해서는 이 역설을 열거해야 하고 그 모순을 강화해야 한다.

사실 상징은 두 가지 측면, 관념과 감정의 세계, 그리고 이 둘 사이의 조화의 사전(辭典)을 전제로 한다. 이 용어 사전을 작성하는 것은 가장 어려운 일이다. 그러나 마주 보고 있는 이 두 개의 세계를 의식하는 것은 그들의 은밀한 관계의 길에 위치하는 것이다. 카프카의 작품에서 이 두 세계는 한편의 일상적 생활, 다른 한편의 초자연적 불안의 세계이다.* 여기서 "중대한 문제는 길에 있다"라고 니체가 한 말의 끝없는 활용을 보는 것 같다.

인간 조건, 이것은 문학에서 매우 흔한 주제이지만, 거기에는 움직일 수 없는 위대성과 동시에 근본적인 부조리가 있다. 이 둘은 마치 그것이 당연하기라도 한 것처럼 서로 일치한다. 이 둘은, 다시 한 번 되풀이하자, 우리 영혼의 방종과 육체의 덧없는 기쁨을 갈라놓는 우스운 단절 속에서 표현된다. 부조리라는 것은 육체를 초월하는 이 육체의 영혼이다. 이 부조리를 표현하려는 사람은 평행된 대조의 유희 속에서 부조리에서 삶을 부여해야만 한다. 이렇듯 카프카는 일상적인 것을 통해서 비극을, 논리로 부조리를 표현하는 것이다.

배우는 과장을 피하면 피할수록 그만큼 더 비극적 인물에 힘을 주게 된다. 그가 신중하다면, 그가 불러일으키는 공포는 엄청날 것이다. 이 점에 대해서 희랍 비극은 가르치는 바가 많다. 비극 작품에서 운명은 항상 논리적이고 자연스러운 모습을 띨 때 한결 절감하게 한다. 오이디푸스의 운명은 예고되어 있다. 그가 살인과 불륜을

---

* 카프카의 작품들이 사회 비평의 측면에서 해석되는(예를 들면, 《소송》에서) 일도 마땅히 있을 수 있다는 것을 주의해야 한다. 더구나 선택할 여지가 없을 것이다. 두 가지 해석이 다 옳다. 부조리의 말에서 우리가 본 바와 같이 인간에 대한 반항은 '역시' 신을 향해 행해지는 것이기도 하다. 대혁명은 언제나 형이상학적이다. (원주)

범하리라는 것은 초자연적으로 정해져 있다. 드라마의 온갖 노력은 추론에 추론을 거듭하며 주인공의 불행을 완성해가는 논리적 체계를 보여주는 데 있다. 이 보통이 아닌 운명을 우리에게 알려준다는 것만으로는 조금도 무서울 것이 없다. 왜냐하면 그것은 있을 법한 일이 아니기 때문이다. 그러나 만약 그 필연성이 사회, 국가, 그리고 친밀한 감정 따위의 일상생활의 테두리 안에서 우리에게 입증된다면 그때 공포는 확인된다. 인간을 동요시키고 "이런 일은 있을 수 없다"라는 말을 하게 하는 이 반항 속에는 "이런 일"이 있을 수 있다는 절망적 확실성이 이미 포함되어 있다.

이것이 희랍 비극의 모든 비밀, 혹은 적어도 그 일면이다. 왜냐하면 또 다른 일면이 있기 때문인데, 반대의 방법으로 카프카를 우리에게 더욱 잘 이해시켜준다. 사람의 마음은 자신을 짓누르는 것만을 숙명이라고 부르려는 유감스러운 경향을 가지고 있다. 그러나 행복도 역시 그 나름대로의 이유는 없다. 왜냐하면 그것은 불가피한 것이기 때문이다. 그러나 현대인은 이를 모르는 체하거나 그러지 않을 때는 그 공적을 자신에게로 돌린다. 반대로 희랍 비극에서의 특권적 운명, 율리시스와 같이 최악의 모험 속에서 스스로를 구해낸 것으로 생각하는 전설의 총아들에 대해서는 할 이야기가 많다.

아무튼 기억해야 할 것은 비극에서 논리적인 것과 일상적인 것을 연결하는 이 비밀스러운 공모이다. 그래서《변신》의 주인공 그레고르 잠자는 외판원이다. 그래서 그가 한 마리의 벌레가 되어버리는 그 기묘한 모험 속에서 그를 권태롭게 하는 유일한 것은 그의 사업

180

주가 그의 부재로 불만을 느끼리라는 것이다. 다리와 촉각이 그에게 생기고, 그의 등골이 구부러지고, 그의 배에 흰 반점이 여기저기 생긴다. 그러나 나는 이런 것들이 그를 놀라게 하지 않는다고 말하려는 것은 아니다. 그렇게 되면 효과는 없어질 것이다. 다만 그에게 '가벼운 권태'를 일으킨다. 카프카의 모든 예술은 이 미묘한 뉘앙스 속에 있다.

그의 중심적인 작품《성》에서는 일상생활의 세세한 부분이 다시 우세해진다. 그렇지만 아무것도 성취되지 않고 모든 것이 다시 시작되는 이 낯선 소설 속에서 묘사된 것은 구원을 추구하는 영원의 본질적 모험이다. 행동에서 이 문제의 번역, 보편과 특수와의 이 일치는 극히 위대한 작가의 특유한 그리고 사소한 기교에서도 엿볼 수 있다. 그러나 그는 요제프 K라고 불린다. 그는 카프카는 아니다. 그렇지만 카프카이다. 그는 보통 유럽 사람이다. 그는 모든 사람과 똑같다. 그러나 역시 육체의 방정식의 X를 제시하는 실체로서의 K인 것이다.

마찬가지로 카프카가 부조리를 설명하려고 한다면 그가 사용해야 할 것은 논리적인 일관성이다. 목욕탕 속에서 낚시질을 했던 광인의 이야기는 잘 알려져 있다. 정신병 치료에 대해 일가견이 있던 한 의사가 그에게 "잡히나?"라고 묻자 그는 단호하게 "천만에, 이 바보야, 이건 목욕탕이야"라고 대답했다고 한다. 이 이야기는 바로 크식이다. 그러나 부조리한 효과가 얼마나 과도한 논리에 연결되어 있는가를 민감하게 파악할 수 있다. 카프카의 세계는 아무것도 나

오지 않으리라는 것을 알면서도 목욕탕에서 낚시질을 하는 괴로운
사치를 누리는 사람의, 설명할 수 없는 세계이다.

그러므로 나는 원리 속에서 하나의 부조리한 작품을 확인한다.
이를테면《소송》에서 성과는 전적인 것이라고 나는 감히 말할 수
있다. 육체가 승리를 거둔다. 표현되지 않은 반항(그러나 글을 쓰는 것
은 반항이다), 명석한 침묵의 절망(그러나 창조하는 것은 절망이다), 그
리고 소설의 인물이 마지막 죽음에 이르기까지 열망하는 그 놀라운
행동의 자유, 여기에는 아무것도 결여된 것이 없다.

*

그렇지만 이 세계는 보이는 것처럼 그렇게 닫혀 있는 것은 아니
다. 이 전진 없는 우주 속에서 카프카는 특이한 형태의 희망을 도입
하려고 한다. 이러한 점에서《소송》과《성》은 동일한 방향으로 나
아가지 않는다. 그것들은 서로 보충한다. 전자에서 후자까지를 엿
볼 수 있는 그 눈에 띄지 않는 전진이 도피의 세계에서 엄청난 정복
을 이룬다.《소송》이 제기한 문제를《성》은 어느 정도 해결한다. 전
자는 준 과학적인 방법에 따라 기술하되 결론은 없다. 후자는 어느
정도 설명한다.《소송》은 진단을 하고《성》은 치료를 상상한다. 그
러나 여기에 제공된 약은 병을 고치지 않는다. 그 약은 다만 병을 정
상적인 삶 속으로 다시 돌아가게 할 뿐이다. 그 약은 병을 받아들이
도록 돕는다. 어떤 의미에서 (키르케고르를 생각해보자) 그 약은 병을

사랑하게 한다. 측량 기사 K는 그에게 침식해 들어오는 우려 이외의 다른 우려를 상상할 수가 없다. 그를 둘러싸고 있는 사람들까지도 마치 고뇌가 어떤 특권적인 모습을 띠고 있는 듯이, 이 공허와 이이름 지을 수 없는 고통에 열중하게 된다.

"내겐 정말 당신이 필요해요. 당신을 알게 된 이후 당신이 내 곁에 없을 때 나는 얼마나 외로워지는지 몰라요." 프리다는 K에게 이렇게 말한다. 우리가 우리를 짓누르는 것을 사랑하게 하고 출구 없는 세계 속에서 희망을 태어나게 하는 이 묘약, 모든 것이 변화되는 이 갑작스러운 '비약', 이것이 실존적 혁명의 비밀이며 또한 《성》 자체의 비밀이다.

《성》만큼 그 진전에서 엄밀한 작품은 별로 없다. K는 성(城)의 측량 기사로 임명되어 그 마을에 도착한다. 그러나 마을에서 성까지 연락할 수가 없다. 몇백 페이지에 걸쳐서 K는 열심히 자기의 길을 찾으려고 하며, 모든 수단을 다 시도하고 계교를 쓰고 우회하지만, 결코 화내는 일 없이, 당황스러울 정도로 굳은 신념을 가지고 위촉받은 직무를 수행하고자 한다. 그는 각 장마다 실패한다. 그리고 새로 시작한다. 이것은 논리에 의한 것이 아니라 일관된 정신을 통한 것이다. 이 집요한 고집이 작품의 비극을 이룬다. K가 성에 전화를 걸었을 때 그의 귀에 들려온 것은 혼동되어 뒤섞인 소리, 희미한 웃음소리, 멀리서 부르는 소리들이다. 이런 것들은, 마치 여름 하늘에 나타나는 비를 알리는 전조, 또는 우리에게 살아갈 이유를 주는 저녁의 약속과도 같이 그의 희망을 불러일으키기에 충분하다. 카프카

특유의, 우수가 어린 비밀이 여기에 엿보인다. 사실 프루스트의 작품, 또는 플로티노스의 풍경 속에서 느끼는 것과 같은 우수, 말하자면 잃어버린 천국에 대한 향수이다. 올가는 말한다. "바르나바스가 성에 간다고 아침에 내게 말할 때 나는 아주 우울해진다. 아마도 부질없는 헛걸음일 테고, 낭비될 하루일 것이며, 헛된 희망일 것이다." "아마도"란 이 뉘앙스 위에 카프카는 역시 그의 전 작품을 이끌어나간다. 그러나 이루어지는 것은 아무것도 없고 영원의 탐구가 여기에 꼼꼼하게 펼쳐진다. 그리하여 카프카의 인물인 생명을 받은 이 자동인형들은 기분풀이를 빼앗기고* 전적으로 신적인 것의 유린에 내맡겨진 우리의 앞날의 모습 자체를 보여준다.

《성》에서는 일상적인 것에 대한 순종이 하나의 윤리학이 된다. K의 커다란 희망은 성에 채용되는 것이다. 혼자서 그 희망을 이룩할 수 없으므로 그의 모든 노력은 이 마을의 주인이 되어 모든 사람이 그에게 느끼는 이방인이라는 특징을 상실함으로써 그 은총을 받을 만한 가치가 있게 되는 데 있다. 그가 바라는 것은 하나의 직업, 하나의 가정, 정상적이고 건전한 사람의 생활이다. 그는 이제 어리석은 짓은 할 수가 없다. 그는 분별 있는 사람이 되고자 한다. 그를 마을의 이방인으로 만드는 특이한 저주를 그는 떨쳐버리고 싶어 한

---

* 《성》에서는 확실히 파스칼적인 의미에서 "기분풀이"가 그의 우려에서 "돌아서게 하는" 조수들을 통해 표시되는 듯하다. 프리다가 마침내 한 조수의 정부가 되어버리는 것은 그녀가 진리보다 외관을 더 좋아했고, 고통을 나누기보다는 나날의 삶을 더 좋아했기 때문이다. (원주)

다. 이 점에서 프리다의 에피소드는 의미심장하다. 성의 관리들 가운데 한 사람을 알고 있던 이 여자를 그가 자기 정부(情婦)로 삼은 것은 그녀의 과거 때문이다. 그는 그녀에게 자기를 뛰어넘는 무엇인가를 얻어낸다. 동시에 무엇이 그녀를 끝내 성에 맞지 않게 만드는가를 의식하고 있다.

여기서 레기네 올센에 대한 키르케고르의 기이한 사랑이 상기된다. 어떤 사람들에게는 그들을 삼켜버리는 영원의 불길이 너무나 크기 때문에 주위 사람들의 마음까지도 태워버린다. 신에게 속하지 않은 것을 신에게 부여한다는 이 불행한 오류, 이것 또한 확실히 《성》에 등장하는 에피소드의 주제이다. 그러나 카프카에게는 오류가 아닌 것처럼 보인다. 이것은 하나의 교의이며 비약이다. 신에게 속하지 않는 것은 아무것도 없다.

측량 기사가 프리다를 떠나 바르나바스 자매에게 간다는 사실은 한층 더 뜻이 깊다. 왜냐하면 바르나바스가(家)의 사람들은 성과 마을 자체에서 완전히 버림받은 단 하나의 가정이기 때문이다. 언니 아말리아는 성의 한 관리의 파렴치한 구혼을 거절했다. 이에 따르는 부도덕한 저주는 그녀를 영원히 신의 사랑에서 버림받게 했다. 신을 위해 자기의 명예를 잃을 수 없다는 것은 신의 은총을 받을 가치가 없다는 뜻이다. 실존주의 철학에 낯익은 주제는 도덕과 상반되는 진리라는 주제를 보게 한다. 여기서는 일이 더욱 진전된다. 왜냐하면 카프카의 주인공이 도달하는 길, 프리다에게서 바르나바스 자매에 이르는 길은 바로 믿을 만한 사랑에서 부조리의 신격화에

시지프 신화　185

이르는 길이기 때문이다. 여기에서도 역시 카프카의 사상은 키르케고르와 이어진다.

'바르나바스의 이야기'가 책 마지막 부분에 있는 것은 놀랄 일이 아니다. 측량 기사의 최종적인 시도는 신을 부정하는 것을 통해 신을 다시 발견하며 우리의 선과 미의 범주로서가 아니라 신의 무관심과 불의와 증오의 공허하고 추한 모습 뒤에서 신을 찾으려는 데 있다. 성에 채용되기를 요구하는 이 이방인은 그의 여행의 끝에 이르러 좀 더 멀리 유배된다. 왜냐하면 이번에는 자기 자신에 대해 불성실해지고 도덕, 논리, 정신적 진리를 버리고 오직 무모한 희망에 부풀어 신의 은총의 사막으로 들어가려고 하기 때문이다.*

*

카프카의 작품을 논하면서 희망이라는 말을 쓰는 것은 우스꽝스러운 일은 아니다. 그와 반대로 카프카를 통해 보고된 상황이 비극적이면 비극적일수록 이 희망은 더욱더 꿋꿋해지고 도덕적인 것이 된다. 《소송》이 진실로 부조리하면 할수록 《성》의 열광적인 '비약'은 더욱더 감동적이고 비합법적으로 보인다. 그러나 여기서 우리는

---

* 이것은 물론 카프카가 우리에게 남긴 미완성의 《성》에 대해서만 타당한 것이다. 그러나 이 작가가 소설의 통일성을 마지막 장에서 파괴했으리라는 것은 의심스럽다. (원주)

실존 사상의 역설을 순수한 상태에서, 예를 들자면 키르케고르가 다음과 같이 설명하는 그대로의 상태에서 재발견하는 것이다.

"사람은 지상의 희망을 때려죽여야 한다. 그때 비로소 참다운 희망*으로 구원받을 것이다." 이 말을 다음과 같이 옮길 수 있을 것이다. "《성》을 계획하기 위해서는 《소송》을 써야만 했다."

카프카에 대해 말하는 대부분의 사람은 사실 그의 작품을 어떠한 구원도 인간에게 남겨주지 않는 절망의 외침이라고 규정했다. 그러나 이 말은 수정될 필요가 있다. 그의 작품에는 희망이 있고 또 희망이 있다. 앙리 보르도 씨의 낙관적인 작품이 내게는 이상하게도 비관적인 작품처럼 보인다. 왜냐하면 그의 작품에서는 다소 까다로운 마음을 가진 사람에게는 허용되는 것이 아무것도 없기 때문이다. 그와 반대로 말로의 사상은 항상 기운을 돋워준다. 그러나 이 두 경우, 문제가 되는 것은 동일한 희망도 아니며 동일한 절망도 아니다. 다만 나는 부조리한 작품 그 자체가 내가 피하고자 하는 불성실로 인도될 수 있다는 것만을 볼 뿐이다. 결실 없는 상태의 대수롭지 않은 반복, 사멸할 것이 분명한 열광에 지나지 않는 작품은 여기에서는 하나의 환상의 요람이 된다. 그 작품은 설명하고 희망에 형태를 부여한다. 작가는 이제 거기에서 떠날 수가 없다. 그 작품은 마땅히 그렇게 되어야 할 비극적인 유희는 아니다. 작품은 작가의 삶에 하나의 의미를 부여하는 것이다.

---

* 마음의 순결 (원주)

아무튼 카프카, 키르케고르, 셰스토프의 작품들처럼 비슷한 영감의 소산인 작품들, 간단히 말해서 전적으로 부조리와 그 결과를 향한 실존적 소설가나 철학가의 작품들이 결국 무한한 희망의 외침에 이르게 되는 것은 기이하다.

그들은 자신들을 삼켜버리는 신을 껴안는다. 희망이 개입하는 것은 굴종을 통해서다. 왜냐하면 이러한 존재의 부조리는 좀 더 초자연적 현실을 확신시키기 때문이다. 만약 인생의 길이 신에 이른다면, 따라서 해결이 있는 셈이다. 그리고 키르케고르, 셰스토프, 카프카의 주인공들이 그들의 여정을 반복할 때의 인내와 고집은 이 확실성이 지닌 열광적인 힘에 대한 이상한 보증이 된다.*

카프카는 그의 신에게 도덕적인 위대성, 명증, 선, 통일성을 거부하지만 그것은 신의 품 안에 좀 더 잘 뛰어들기 위해서이다. 부조리가 인정되고, 받아들여지며, 인간이 거기에 몸을 내맡기자, 바로 그 순간부터 그것이 이제 더는 부조리가 아님을 우리는 알게 된다. 인간 조건의 한계 속에서 이 조건에서 도망칠 수 있게 하는 희망보다 더 큰 희망은 어떤 것일까?

나는 실존 사상이 일반적 의견에 반하여 엄청난 희망으로 굳어져 있으며, 원시 기독교와 복음의 알림과 더불어 고대 세계를 움직였던 사상 그 자체라는 것을 다시 한번 본다. 그러나 모든 실존 사상

---

* 《성》에서 희망 없는 유일한 인물은 아말리아이다. 측량 기사는 그녀를 가장 난폭하게 적대시한다. (원주)

을 특징짓는 이 비약과 고집 속에서, 그리고 표면이 드러나지 않은 신성의 측량 속에서 스스로를 포기하는 명석함의 징후를 어떻게 보지 않을 수 있겠는가? 구원받기 위해서는 오만을 버리기만 하면 된다고 한다. 이러한 포기는 결실을 풍부하게 한다. 그러나 그것은 아무것도 변화시키지 않는다. 내가 보기에는 모든 오만과 마찬가지로 명석함이 결실 없는 것이라고 말한다고 해서 그 명석함의 도덕적 가치가 감소된다고는 보지 않는다. 왜냐하면 진리도 역시 그 정의 자체로 결실 없는 것이기 때문이다. 모든 명증은 다 그런 것이다. 모든 것이 주어지고 아무것도 설명되지 않는 세계에서 어떤 가치 또는 형이상학의 풍부함이란 무의미한 개념이다.

아무튼 여기서 카프카의 작품이 어떠한 사상의 전통에 놓이는가를 볼 수 있다. 결국《소송》에서《성》에 이르는 과정을 엄밀히 계산된 것으로 보는 것은 어리석은 일이다. 요제프 K와 측량 기사 K는 카프카를 끌어당기는 양극일 뿐이다.* 나는 카프카처럼 말할 수 있을 것이고 그의 작품은 아마도 부조리한 것이 아니라고 말할 수 있으리라. 그러나 이렇게 말한다고 해서 그의 위대성과 보편성을 보지 못하게 하지는 않을 것이다. 그의 위대성과 보편성은 희망에서 비탄으로, 절망적인 예지에서 자발적인 맹목으로 옮겨가는 나날의

---

* 카프카 사상의 두 가지 측면에 관해서는 〈유형지에서〉 속의 "유죄성(물론 인간의)은 결코 의심할 바 없다"라는 말과《성》에 나오는 한 구절(모무스의 말), "측량 기사 K의 유죄성은 판정하기 어렵다"라는 말을 비교할 것. (원주)

흐름을 풍부하게 묘사할 수 있는 데서 온다.

그의 작품이 보편적인 것은(참으로 부조리한 작품은 보편적이지 않다) 모순 속에서 믿는 이유를 끌어올리고 깊은 절망 속에서 희망의 이유를 끌어올리며, 그 무시무시한 죽음의 수련을 삶이라고 부르면서 인간성을 벗어난 인간의 비통한 모습을 그리는 데 있다. 그의 작품은 종교적 영감이 있기 때문에 보편적이다. 모든 종교에서와 마찬가지로 인간은 거기서 자기 삶의 짐에서 해방된다. 그러나 내가 이것을 알고 또 찬양할 수 있다고 할지라도 내가 추구하는 것은 보편적인 것이 아니고 진실한 것임을 나는 역시 알고 있다. 이 두 가지는 일치될 수가 없다.

진실로 절망적인 사상은 바로 이와 반대되는 기준으로 분명히 정의된다는 것, 비극적인 작품은 모든 미래의 희망이 추방되어서 행복한 인간의 삶을 묘사하는 작품이라는 것을 말한다면, 이와 같은 관점을 더욱더 잘 이해할 수 있을 것이다. 삶이 열정적이면 열정적일수록 삶을 잃는다는 관념은 더욱더 부조리한 것이 된다. 니체의 작품 속에 나타나는 놀라운 무미건조함의 비밀은 아마도 여기에 있을 것이다. 이러한 관념의 범주 안에서 니체는 부조리 미학의 궁극적인 결과들을 끌어낸 유일한 예술가처럼 보인다. 왜냐하면 그의 최종적인 가르침은 정복적인 불모의 명석함과 초자연적인 위안의 집요한 부정 속에 존재하기 때문이다.

지금까지 말한 내용은 이 시론의 한계 안에서 카프카 작품의 핵심적인 중요성을 밝히는 데 충분했을 것이다. 우리는 여기 인간 사상의 궁극점에 와 있다. 언어에 전적인 의미를 부여할 때, 이 작품 속에 있는 모든 것은 본질적이라고 말할 수 있다. 아무튼 이 작품은 전면적으로 부조리한 문제를 제기한다. 그리하여 만약 지금 이 결론들을 우리가 처음에 지적했던 사실들에, 내용을 형식에,《성》의 비밀스러운 뜻을 그 작품이 흘러가는 자연스러운 기법에, K의 오만하고 열정적인 탐색을 그 탐색이 진행되는 일상적인 배경에 비교한다면, 무엇이 그의 작품이 지닌 위대함이 될 수 있는가를 이해할 것이다. 왜냐하면 만약 향수가 인간의 표식이라면 그처럼 많은 살과 많은 기복(起伏)을 이 회한의 망령들에게 준 사람은 아무도 없었을 것이기 때문이다. 그러나 동시에 부조리한 작품이 요구하는, 아마도 여기에는 나타나지 않는 특이한 위대함이 어떤 것인가를 파악할 수 있을 것이다. 예술의 특성이 보편적인 것을 특수한 것에, 한 방울의 소멸해가는 영원성을 그 빛의 유희에 결합하는 데 있다면, 부조리한 작가의 위대함을 이 두 세계 사이에 도입할 줄 아는 거리로서 평가되는 것이 더욱더 진실하다. 그 작품의 비밀은 이 두 세계가 가장 커다란 불균형 속에서 서로 이어지는 정확한 지점을 발견할 수 있다는 데 있다.

사실을 말하자면, 순수한 마음들은 인간과 비인간의 이 기하학적 지점을 도처에서 볼 수 있다. 파우스트와 돈키호테가 뛰어난 예술 창조일 수 있는 것은 그들이 지상의 손으로 우리에게 보여주는 계량할 수 없는 위대함 때문이다. 그렇지만 이 손이 만져볼 수 있는 진리를 정신이 부정하는 때가 항상 온다. 창조가 이미 비극적인 것에 사로잡히지 않을 때, 즉 오로지 진지한 것에만 사로잡히는 때가 오는 것이다. 그때 인간은 희망에 사로잡힌다. 그러나 이것은 창조가 할 일이 아니다. 창조의 일은 속임수에서 돌아서는 데 있다. 그런데 카프카가 전 우주에 대해 제기하는 격렬한 소송의 끝에 이르러 내가 발견하는 것은 속임수이다. 그의 믿을 수 없는 판결은 두더지들까지도 희망을 품으려 드는 더럽고 어지러운 이 세계에 대해 결국 무죄를 선고한다.*

---

* 이상에서 제시된 것은 물론 카프카 작품의 한 해석이다. 그러나 모든 해석 이외에 순수하게 미학적인 각도에서 이 작품을 고찰하는 것을 방해하는 것은 아무것도 없음을 덧붙이는 것은 정당하다. 예를 들면 B. 그뢰튀젠은 《소송》에 붙인 그의 주목할 만한 서문에서 우리보다 더 현명하게 놀라운 방법으로 깨어 있는 잠자는 자라 부르는 고통스러운 상상력만을 추구하는 데 그쳤다. 모든 것을 제공하면서 아무것도 확정하지 않는다는 것은 이 작품의 운명이며 아마도 위대성일 것이다. (원주)

작품 해설

의미와 무의미
─방법적 회의로서 부조리

　내가 작품을 쓰기 시작했을 때, 나에게는 명확한 계획이 있었습니다. 나는 먼저 부정(否定)을 표현하고자 했습니다. 세 가지 형식으로, 즉 소설 분야에서는《이방인》, 극(劇)으로서는《칼리굴라》와《오해》, 사상에서는《시지프 신화》를 계획했습니다…… 그러나 나에게 말하자면 그것은 데카르트의 방법론적 회의와 같은 것이었습니다…… 역시 나는 세 가지 형식으로 긍정(肯定)을 예상했었습니다…… 소설로서는《페스트》, 극으로서는《계엄령》과《정의의 사람들》, 사상으로는《반항적 인간》이었습니다.

　이와 같은 카뮈의 진술을 통해서 명확하게 포착할 수 있듯이 그의 사상의 시간표 안에서《시지프 신화》가 차지하는 위치는 풍부한 감수성과 상상력 그리고 유리알처럼 투명한 의식의 굴절에 따라 발전해나가는 카뮈적 사고의 전모를 밝히는 출발점임을 알 수 있다. 현대 사상의 흐름에서 거의 코페르니쿠스적 전환의 시점이 되고 있는 "부조리(l'absurde)"라는 주제를 하나의 필터로 하여, 일상성 속에 마모되어가는 나날의 삶과 "나"의 밖에 놓여 있을 뿐인 세계의 낯섦을 그는 매우 아름답고 열정적인 문체로 추적하고 있다. 《시지프 신화》가 단순한 형이상학적 개념의 장난이나 철학적 주역을 넘어서, 그가 서문에서 밝히고 있는 바와 같이, "부조리한 감수성"에 관한 것임을 우리는 가볍게 지나쳐서는 안 되리라. 부조리라는 주제를 딱딱한 관념적 논술이 아닌 살아 있는 구체적 경험의 바탕에서 날카롭고 간결한 논리의 기술 방법으로 붙잡으려 한 점은 이 책이 이끌어내는 어떤 미학적 사고와 긴밀히 연관된다.

그렇게도 많은 카뮈의 독자가(그러나 얼마나 많은 우리나라의 독자가 읽어보지도 않은 채 풍문으로만 듣고 왈가왈부하는가!) 떠들어대는 '부조리'를 다시 한번 그 원래의 의미에서 더듬어보는 것도 전혀 쓸데없는 일은 아닐 것이다. 카뮈가 데카르트의 방법론적 회의와 같은 것이라고 부른 부조리의 중추 개념을 더 선명하게 알아보기 위해 대상의 본질을 뜻하는 추상 명사 "l'absurdité(부조리성)"가 아닌 형용사에서 나온 구체적 명사 "l'absurde(부조리)"의 특징적 요소를 간단하게 요약해보기로 한다.

그는 우선 사회적 현상으로서 자살이 아니라 근원적인 삶의 의미에 대한 본질적 질문으로서 자살을 다룬다. 지금까지의 철학이 매

달려온 형이상학을 '장난'이라고 규정하고 참다운 철학의 문제는 자살이라 말한다. '인생이 살 만한 가치가 있는가 없는가 하는 것을 판단하는 것'이 가장 중요한 문제다. 어떤 이유로 해서든지 자살한다는 것은 따라서 '인생이 살 만한 가치가 없다는 것을 고백하는 것'에 지나지 않는다. 그런데 이러한 자살의 밑바닥에 깔려 있는 근원적인 성격을 파고들어가면, 뤼페가 지적한 이른바 '일상적 삶의 맹랑함'이 자리 잡고 있다. 여기에서 태어나는 부조리한 감정은 습관이나 권태 속에 매몰되어버리는 삶의 무의미성에 눈뜨는 것이다. 다시 말하면 부조리의 눈뜸이다.

"무대장치가 무너지는 수가 있다. 기상, 전차, 사무실이나 공장에서의 네 시간, 식사, 전차, 네 시간의 일, 식사, 잠, 그리고 똑같은 리듬으로 반복되는 월 화 수 목 금 토, 이러한 길은 대개의 경우 쉽사리 이어져간다. 다만 어느 날 '왜' 하는 물음이 고개를 들어 놀라움에 물든 이 권태 속에서 모든 것이 시작된다. '시작된다'는 말은 중요하다."

이처럼 되풀이되는 나날의 삶 속에서 부조리한 감정이 싹트게 되면, 인간과 삶, 배우와 무대장치 사이의 단절, 친근하고 당연한 것으로 있던 세계가 갑자기 낯섦으로 나타난다. 그리하여 사물을 인식하는 주체인 인간의 의식은 세계가 '두꺼운' 것이라고 깨닫게 되고, 하나의 돌멩이, 나무, 하늘 등의 풍경이 허망한 의미를 띠며 '세계의 원초적인 적의'로 밀어닥치는 것을 느끼게 된다. 그러나 이러한 낯섦은 인간과 사물 사이의 관계에서만 나타나는 것은 아니다. 그것은 나와 타인, 나와 나 자신 사이의 관계에서도 어처구니없게 발견된다.

"의식이 명철한 어느 순간에 인간 동작의 기계적인 모습과 의미 없는 팬터마임은 그를 둘러싸고 있는 모든 것을 바보스럽게 만들어 버린다. 어떤 사람이 유리 칸막이 뒤에서 전화를 걸고 있다. 그의 목소리는 들리지 않지만 대수롭지 않은 그의 몸짓이 보인다. 무엇 때문에 그는 사는 것일까 하고 우리는 자문하게 된다."

인간이 인간 앞에서 느끼는 헤아릴 수 없는 불안과 낯섦, 또는 자신의 사진이나 거울 속에 비친 자기의 모습을 타인처럼 느끼는 단절감, 이것이 바로 부조리의 눈뜸이다. 이러한 '관계'의 허구적 창조가 거의 완벽하게 육화(肉化)되어 있는 것이《시지프 신화》(1942년)와 같은 해에 나온 소설《이방인》이라는 사실은 두말할 필요도 없는 일이리라.

그러나 카뮈에게 부조리는 더욱더 근본적인 의식의 작용에서 출발한다. 인간과 세계의 비합리성, 인간의 통일에 대한 향수, 명석함에 대한 욕구의 대치 속에서 부조리는 태어나는 것이다. '나의 세계'에 속해 있었다고 착각하기 마련인 삶, 외부의 현실, 사물들이 나의 의미 체계와는 아무 관련도 없는 사물 그 자체일 뿐이지만 그것들을 하나의 통일된 의미, 논리적 이성의 질서로 파악하려는 욕구 또한 부정할 수 없다.

왜냐하면 나를 둘러싸고 있는 세계를 어떤 통일되고 인간적인 가치의 체계 안에서 분명한 진리로 정리함으로써 비로소 나의 존재

이유와 삶을 정당화할 수 있기 때문이다. 그렇지만 이러한 인간의 이성적 욕구와는 거리가 먼 원초적인 침묵으로서 세계의 '비합리'는 인간의 '밖'에 그렇게 존재하고 있을 뿐이다. 이 무심하기 짝이 없는 '밖'의 체계를 '인간의 가장 깊숙한 곳에서 우러나오는 억누를 길 없는 분명한 세계 파악'으로 알아내려는 욕구, 바로 여기에 한 세계와 인간 사이의 기막힌 관계인 부조리의 관계가 맺어진다. 카뮈는 "'나'와 '세계'를 묶어놓는 유일한 관계는 부조리의 관계 이외의 다른 아무것도 아니다. 그러므로 내가 확실히 만져볼 수 있고 믿을 수 있는 것은 이와 같은 관계의 대립, 단절, 모순, 혼돈, 낯섦, 즉 부조리 뿐이다" 라고 했다.

"인생이 살 만한 가치가 있는가?"라는 절박한 질문에서 비롯된 방법론적 회의의 치열한 부정 끝에 얻어낸 긍정의 논리, 즉 부조리는 인간의 근원적인 사고와 삶을 지탱해주는 최초의 바탕이며 동시에 최후의 논리적·미학적 의미를 가능하게 하는 도달점이기도 하다.

그러기 때문에 카뮈는 자살을 거부한다. "자의로 죽는 것은 이 습관의 가소로운 성격, 산다는 것 일체에 대한 깊은 이유의 부재, 이 일상적인 흔들림의 무모한 성격 그리고 사람들이 겪는 고통의 무익함을 본능적으로나마 인정했다는 것을 전제로 한다."

다시 말하면 자살은 자신이 삶에 패배했다는 것의 멜로드라마적인 고백으로서, 의식의 눈뜸을 가져오는 부조리, 우리의 삶의 근거를 마련해주는 가장 명백한 진리의 부조리 자체를 한꺼번에 허물어

뜨리는 것에 지나지 않는다. 자살은 비겁한 도피이며, '나'와 '세계'라는 대립 관계의 한 항목인 '나'를 말살시키는 포기일 뿐이다. 또한 카뮈는 삶의 테두리 밖에 희망을 설정하는 관념적 결과들, 이를테면 야스퍼스가 도달한 초월성의 이념을 굴욕적인 사고(la pensée humilié)로, 모순을 신으로 포용하는 셰스토프의 태도를 마술사의 비장한 곡예로, "믿는 자는 그의 패배 가운데서 승리를 찾는다"라는 키르케고르의 신앙을 교훈적인 논설로 매도한다. 그리고 후설의 현상학을 추가적 신을 봉행하는 "위안의 형이상학"이라고 비판한다. 이른바 그가 "철학적 자살"이라는 말로 명령한 초월적 신앙이나 종교적 위안은 부조리에서 도피하는 철학적 비약이며 속임수이다.

이와 같이 하여 카뮈는 부조리에서 비켜서는 모든 것, 즉 자살이나 터무니없는 희망, 또는 초월적 이데(idée)를 거절하고 '내가 명확하게 아는 것'만을 가지도록 '나'와 '세계' 사이의 팽팽한 대립과 단절을 투명한 의식 활동으로 끝까지 맞서 살아가는 부조리의 인간을 내세우기에 이른다. 연극배우, 돈 후안, 정복자는 바로 '부조리를 사는' 열정적 인간의 모습들이다. "산다는 것, 그것은 부조리를 살아가게 하는 것이다. 부조리를 살게 한다는 것은 무엇보다 먼저 부조리를 바라보는 일이다"라고 그는 말한다. 삶의 장(場)에서 도망치지 않고 부조리를 정면으로 바라보며 허구적인 희망 따위를 지니지 않은 채, 인간이 인간 자신의 어둠과 끊임없는 대결을 벌이는 현재들의 연속, 이것이 부조리한 인간의 이상이다.

그리하여 마침내 카뮈는 부조리에서 세 개의 결과를 이끌어낸다.

반항(révolte), 자유(liberté), 열정(passion)이다. 반항은 자살이나 비약처럼 한계에서의 수용이 아니라 한계의 지속이며 인간에게 그의 이성적 욕구와 세계 자체 사이의 끊임없는 대립을 유지하도록 하는 성실성이다. 자유는 형이상학적 자유가 아니라, 정신과 행동의 자유, 즉 희망과 내일이 없는 인간의 처분 가능성으로서 자유다. 삶의 순수한 불꽃 이외의 것에 대한 무관심, 이것이 그의 자유의 원리이다. 그리고 열정은 주어진 모든 것을 소진하는 것, 다시 말하면 삶을 필사적으로 불태우며 최대한으로 '많이' 사는 행위를 가리킨다.

"나의 삶, 나의 반항, 나의 자유를 최대한으로 느끼는 것, 이것이 최대한으로 사는 것이다"라고 카뮈는 부르짖는다. 허망하고 쓸데없는 것인 줄 알면서도 자신이 배당받은 삶의 영역을 반항, 자유, 열정으로써 바닥이 드러날 때까지 퍼 올리는 인간 운명의 상징, 굴려서 산꼭대기까지 올리면 다시 밑으로 떨어지고 마는 바위를 끊임없이 굴려 올리도록 처형된 '시지프', 그는 바로 그리스 신화 속의 한 인물을 넘어서 항상 깨어 있는 의식을 가지고 사는 인간의 참다운 모습이다.

옮긴이

알베르 카뮈 연보

1913년   11월 7일, 당시 프랑스 식민지인 알제리 몽도비에서 궁핍한 노동자인 아버지와 스페인계 어머니 사이에 태어남.

1918년   공립초등학교에 들어가 뛰어난 교사 루이 제르맹의 가르침을 받음.

1930년   알제대학교에 입학해 훗날 평생의 스승으로 여기게 된 철학 교수 장 그르니에를 만남. 대학 축구부 선수로 활약하기도 함. 12월 폐결핵을 앓음.

1934년   6월 시몬 이에와 결혼.

1936년   알제대학교를 졸업함. 철학 학위 논문 〈플로티노스와 성 아우구스티누스를 통해서 본 헬레니즘과 그리스도교 사상의 관계〉를 집필함. 알제 방송국 전속 극단의 배우로 활약하며 희곡《아스튀리의 반란》을 발표함.

1937년　'작업대'(아마추어 연극 단체)를 조직함. 에세이《안과 겉》을 출간함. 건강상의 이유로 교수 자격 취득을 단념함.

1938년　일간지〈알제 레퓌블리캥〉기자로 활동함.

1939년　에세이《결혼》을 완성함. 희곡《칼리굴라》집필함. 이 시기에 앙드레 말로와 교우함.〈알제 레퓌블리캥〉이 당국의 검열로 발행을 중지하고〈수아르 레퓌블리캥〉으로 제명을 변경함.

1940년　〈수아르 레퓌블리캥〉이 폐간되면서 직장을 잃음. 잡지《파리 수아르》편집부에 입사함. 소설《이방인》과 철학 에세이《시지프 신화》1부를 탈고함. 12월 프랑신과 재혼함.

1941년　아내와 오랑에 정착하고 생계를 위해 사립학교에서 강의하며《시지프 신화》를 탈고함.

1942년　5월 소설《이방인》을 출간하고 이어서 10월에 철학 에세이《시지프 신화》를 출간함.

1943년　파스칼 피아와 함께 레지스탕스 조직의 저항 운동 기관지였다가 일간지가 된〈콩바〉의 주간으로 활약함. 루이 아라공과 장 폴 사르트르, 시몬 드 보부아르 등과 만나 교우함.

1944년　희곡《오해》와《칼리굴라》를 묶어 갈리마르사에서 출간.

1947년　피아 사퇴 이후〈콩바〉의 운영을 맡음. 소설《페스트》를 출간하고 비평가들의 호평을 받는 동시에 대중적으로도 성공을 거둠.

1948년	10월 희곡《계엄령》발표하고 상연하였으나 홍행에는 실패함.
1949년	남미 각국에서 강연하다 폐의 건강이 급격히 악화해 귀국함.
1950년	6월 갈리마르 출판사에서《시사평론 I》을 출간함.
1951년	10월 평론 에세이《반항적 인간》을 출간하면서 마르크스주의 비평가들과 사르트르 등 철학자들에게 격렬한 비판을 받음.
1952년	《반항적 인간》을 둘러싼 논쟁을 계기로 사르트르와 결별함. 11월 유네스코에서 탈퇴함.
1953년	1월에 알제리로 돌아와 6월《시사평론 II》을 출간함.
1954년	심각한 우울 증세를 보이던 아내 프랑신이 프랑스 생망데의 요양원에 입원함. 에세이《여름》을 출간함. 10월 네덜란드를 여행함.
1955년	2월에 알제리를 방문하고, 4월에는 그리스를 여행함. 주간지《렉스프레스》에 여러 기고문을 발표하며 참여함.
1956년	알제리와 관련된 정치적 견해 차이로《렉스프레스》에서 사임함. 5월 소설《전락》을 출간함.
1957년	3월 소설《적지와 왕국》을 출간함. 10월 노벨문학상 수상 소식을 듣고 12월 수상을 위해 프랑신과 스웨덴 스톡홀름으로 출발함. 12월부터 이듬해 초까지 심각한 불안 증세를 겪음.

1958년	1월에 노벨문학상 수상 기념 연설과 콘퍼런스 내용을 엮은 《스웨덴 연설》을 출간함. 3월과 4월에 알제리를 여행함.
1959년	1월 표도르 도스토옙스키의 희곡《악령》을 희곡으로 각색, 직접 연출해 연극으로 상연함.
1960년	1월 4일 오랜 친구인 미셸 갈리마르의 차로 루르마랭의 자택에서 파리로 오는 길에 자동차 사고로 사망함. 루르마랭 묘지에 안장됨.
1994년	사망 직전까지 집필했으며 미완성의 유작이 된 소설《최초의 인간》이 출간됨.

옮긴이 **이가림**

시인 겸 불문학자로 본명은 이계진이다. 성균관대학교 불어불문학과 및 동 대학원을 졸업하고 프랑스 루앙대학교에서 불문학 박사학위를 받았다. 1966년 〈동아일보〉 신춘문예에 시가 당선되어 등단했고 인하대학교 불문학과 교수를 역임했다. 1993년 정지용문학상, 1996년 편운문학상, 2009년 한국펜클럽번역문학상을 수상했다. 루게릭병으로 투병하다 2015년 세상을 떠났다. 시집으로《빙하기》《유리창에 이마를 대고》《내 마음의 협궤열차》, 산문집《사랑, 삶의 다른 이름》 등이 있다. 옮긴 책으로는 가스통 바슐라르의《촛불의 미학》《물과 꿈》《꿈꿀 권리》, 장 콕토의《내 귀는 소라껍질》, 쥘 르나르의《홍당무》외 다수가 있다.

시지프 신화

1판 1쇄 발행 1977년 4월 30일
4판 1쇄 발행 2024년 10월 15일

지은이 알베르 카뮈 | 옮긴이 이가림
펴낸곳 (주)문예출판사 | 펴낸이 전준배
출판등록 2004. 02. 11. 제 2013-000357호 (1966. 12. 2. 제 1-134호)
주소 04001 서울시 마포구 월드컵북로 21
전화 02-393-5681 | 팩스 02-393-5685
홈페이지 www.moonye.com | 블로그 blog.naver.com/imoonye
페이스북 www.facebook.com/moonyepublishing | 이메일 info@moonye.com

ISBN 978-89-310-2390-9 04800
ISBN 978-89-310-2365-7 (세트)

■ 문예세계문학선

★ 서울대, 연세대, 고려대 필독 권장 도서   ▲ 미국대학위원회 추천 도서
● 《타임》 선정 현대 100대 영문 소설   ▽ 《뉴스위크》 선정 세계 100대 명저

(뒷면 계속)